Charles Tazewell

Der verrutschte Heiligenschein und andere Weihnachtsgeschichten

Charles Tazewell

Der verrutschte Heiligenschein und andere Weihnachtsgeschichten

Aus dem Amerikanischen von
Ursula von Wiese und
Ursula Locke-Groß

Mit Bildern von Sophie Schmid

Weltbild Verlag

Die amerikanische Originalausgabe von *Der kleinste Engel und der Weihnachtsstern* erschien 1946 unter dem Titel *The littlest Angel* bei Childrens Press, Chicago, und erstmals auf deutsch 1958 im Arche Verlag, Zürich. Die Erzählungen *Die kleinste Glocke* und *Der kleinste Winterkobold* wurden dem Erzählband *Weihnachtsboten* entnommen, erschienen 1963 im Arche Verlag, Zürich. Die amerikanische Originalausgabe erschien unter dem Titel *Charles Tazewell's Littlest Stories* bei Rolton House Publishers, New York. Dieser wurden auch die drei Erzählungen *Die kleinste Prinzessin, Der kleinste ungebetene Gast* und *Das kleinste rote Pferd* entnommen.

ISBN 3-89604-328-5

Lizenzausgabe für die
Weltbild Verlag GmbH, Augsburg 2000
Mit freundlicher Genehmigung des Sanssouci Verlags

Einbandgestaltung: Birgit Schweitzer, München unter
Verwendung von Illustrationen von Sophie Schmid
Satz und Lithos: Satz für Satz. Barbara Reischmann, Leutkirch
Druck und Bindung: Clausen & Bosse, Leck
Printed in Germany

Der kleinste Engel und der Weihnachtsstern

Vor vielen, vielen Jahren nach menschlicher Berechnung, aber erst gestern im Himmelskalender, da war einmal im Paradies ein sehr unglücklicher, sehr betrübter Cherub, der im ganzen Himmel als der kleinste Engel bekannt war. Er war genau vier Jahre, sechs Monate, fünf Tage, sieben Stunden und zweiundvierzig Minuten alt, als er vor dem ehrwürdigen Torhüter erschien und darauf wartete, in das strahlende Reich Gottes eingelassen zu werden.

Trotzig stand er da, spreizte weit die kurzen braunen Beinchen und gab sich den Anschein, als ob ihm der unirdische Glanz gar keinen Eindruck machte, und als hätte er nicht die geringste Angst. Aber seine Unterlippe zitterte, und er mußte sich einer Träne schämen, die auf seinem ohnehin verweinten Gesicht eine neue Furche hinterließ und auf seiner sommersprossigen Nasenspitze plötzlich haltmachte.

Das war aber noch nicht alles. Während der freundliche Torhüter den Namen in sein großes Buch eintrug, versuchte der kleinste Engel, der wie gewöhnlich sein Taschentuch vergessen hatte, die beschämende Tatsache durch ein Geschnupfe zu verbergen. Das war ein ganz unengelhaftes Geräusch, worüber der gute Torhüter so sehr erschrak, daß er etwas tat, das ihm noch nie zuvor widerfahren war. Er machte einen Tintenklecks!

Von diesem Augenblick an war es mit dem himmlischen Frieden nicht mehr wie früher, und der kleinste Engel brachte bald die himmlischen Heerscharen zur Verzweiflung. Sein schrilles, ohrenbetäubendes Pfeifen ertönte zu allen Stunden auf den goldenen Straßen. Es erschreckte die alten Propheten und störte sie beim Nachdenken. Ja, zu allem sang das Englein bei den Proben des Himmelschores unweigerlich und schauerlich falsch und verdarb damit die zauberhafte Wirkung.

Da es so klein war, daß es immer doppelt so lange Zeit brauchte wie die andern, um zum Abendgebet zu kommen, verspätete es sich jedesmal und stieß die Flügel der andern durcheinander, wenn es an seinen Platz eilte.

Dieses schlechte Betragen hätte man ja nun übersehen können, aber das Aussehen des kleinsten Engels war noch schlimmer als sein Benehmen. Zuerst ging unter den Seraphim und Cherubim nur ein Geflüster um, doch schließlich wurde es unter den Engeln und Erzengeln laut gesagt: Er sah nicht einmal wie ein Engel aus!

Das stimmte leider. Er sah wirklich nicht wie ein Engel aus. Sein Heiligenschein wurde immerzu trübe und glanzlos, weil er ihn beim Rennen mit seinem heißen Patschhändchen festhielt, und er rannte ja fortwährend. Stand er aber einmal still, dann saß ihm der Heiligenschein nicht so auf dem Kopf, wie es sich gehörte. Er rutschte ihm stets

über das rechte Auge. Oder über das linke Auge. Oder er rutschte ihm aus schierer Bosheit vom Hinterkopf und rollte eine goldene Straße hinab, so daß ihm das Englein nachjagen mußte.

Ja, es muß auch gesagt werden, daß seine Flügel weder nützlich noch zierend waren. Im Paradies hielten alle den Atem an, wenn sich der kleinste Engel wie ein unglückliches flügges Spätzlein am äußersten Rand einer vergoldeten Wolke niederließ und sich auf den Abflug vorbereitete. Er trippelte zaghaft hin und her, und nach viel gutem Zureden und einigen verkehrten Ansätzen schloß er die Augen, hielt seine sommersprossige Nase zu, zählte bis dreihundertdrei und stürzte sich langsam in den weiten Raum. Da er leider immer vergaß, die Flügel zu bewegen, fiel er Hals über Heiligenschein hinunter.

Es wurde auch berichtet und nie abgestritten, daß der kleinste Engel an den Flügelspitzen knabberte, wenn er aufgeregt war, was häufig vorkam.

Man kann also leicht verstehen, daß der kleinste Engel früher oder später bestraft werden mußte. So wurde ihm denn an einem ewigen Tag im ewigen Monat eines ewigen Jahres befohlen, in seiner ganzen kleinen Persönlichkeit vor dem Friedensengel zu erscheinen.

Der kleinste Engel kämmte sich das Haar, staubte seine Flügel ab, schlüpfte in ein beinahe sauberes Gewand und machte sich dann schweren Herzens auf den Weg zur Richterstätte. Er versuchte den gefürchteten Urteilsspruch hinauszuschieben, indem er auf der Straße der Schutzengel trödelte und ein paar ewige Augenblicke stehenblieb, um die lange Liste der Neuankömmlinge eingehend zu betrachten, obgleich der ganze Himmel wußte, daß er kein Wort lesen konnte. Hierauf verschwendete er mehrere unvergängliche Minuten mit der sorgfältigen Prüfung der ausgestellten goldenen Harfen, obwohl jeder in der Himmelsstadt wußte, daß er nicht imstande war, eine Viertelnote von einer Sechzehntelnote zu unterscheiden. Doch schließlich und endlich näherte er sich langsam einem Portal, über dem eine goldene Waage kundtat, daß dort die himmlische Gerechtigkeit geübt wurde. Zu seiner großen Überraschung hörte der kleinste Engel drinnen eine fröhliche Stimme singen.

Der kleinste Engel nahm seinen Heiligenschein ab, hauchte kräftig darauf und rieb ihn mit seinem Hemdzipfel blank, wodurch das unordentliche Aussehen seines Gewandes nicht gerade verbessert wurde, und dann ging er auf den Zehenspitzen hinein. Der Sänger, den man den Engel des Verstehens nannte, schaute auf den kleinen Sünder nieder, worauf sich das Englein sogleich unsichtbar zu machen trachtete. Sehr schlau ging es dabei vor; wie eine erschrockene Schildkröte zog es den Kopf in den Kragen seines Gewandes. Da lachte der Sänger – es klang lustig und herzerwärmend – und sagte: »Aha, du bist also derjenige, der den Himmel so unhimmlisch gemacht hat. Komm her, Cherub, und erzähle mir alles!«

Der kleinste Engel wagte einen schüchternen

Blick hinter seinem Gewand hervor, erst mit dem einen Auge und dann mit dem andern.

Plötzlich, ehe er sich's versah, saß er auf dem Schoß des verständnisvollen Engels und erklärte, wie schwer es für einen kleinen Jungen war, sich auf einmal in einen Engel verwandelt zu sehen. Ja, was die Erzengel auch sagen mochten, er hatte nur einmal geschaukelt. Je nun, zweimal. Also gut, dann hatte er eben dreimal auf dem Himmelstor geschaukelt. Aber das war ja nur aus Langeweile geschehen!

Das war das ganze Übel. Es gab für einen kleinen Engel nichts zu tun. Und er hatte großes Heimweh. Oh, nicht etwa, daß es im Paradies nicht schön wäre! Aber die Erde war auch schön. Hatte Gott sie nicht selbst geschaffen? Ja, dort gab es Bäume, auf die man klettern konnte, Bäche, in denen man angeln, und Höhlen, wo man Räuber spielen konnte; dort gab es einen Planschteich, Sonne und Regen, Dunkelheit und Dämmerung und weichen, warmen Sand unter den Füßen!

Der Engel des Verstehens lächelte, und in seinen Augen dämmerte die Erinnerung an einen andern kleinen Jungen auf ... das war lange her. Dann fragte er den kleinsten Engel, was ihn im Paradies denn am glücklichsten machen würde.

Das Englein überlegte ein Weilchen und flüsterte ihm ins Ohr: »Die Schachtel. Ich habe sie zu Hause unter meinem Bett gelassen. Könnte ich sie wohl wiederbekommen?«

Der Engel des Verstehens nickte. »Du sollst sie bekommen«, versprach er. Und ein schnellfliegender Bote wurde sogleich abgesandt, die Schachtel ins Paradies zu bringen.

In all den zeitlosen Tagen, die nun folgten, wunderte sich jeder über die große Veränderung des kleinsten Engels; denn von allen Cherubim im Reiche Gottes war er der glücklichste. Sein Benehmen war über jeglichen Tadel erhaben. Er sah geradezu vorbildlich aus. Und auf den Ausflügen zu den paradiesischen Gefilden flog er wie ein Engel, das konnte man wirklich sagen.

Dann geschah es, daß Jesus, der Sohn Gottes, in Bethlehem von Maria geboren werden sollte. Als sich die frohe Kunde im Paradies verbreitete, freuten sich alle Engel und erhoben die Stimme, um das Wunder aller Wunder, die Ankunft des Christuskindes, zu preisen.

Die Engel und Erzengel, die Seraphim und Cherubim, der Torhüter und der Flügelmacher, ja sogar der Heiligenscheinschmied ließen ihre gewöhnliche Arbeit ruhen, um ihre Geschenke für das heilige Kind zu bereiten. Alle, außer dem kleinsten Engel. Er setzte sich auf die goldene Treppe und wartete gespannt auf einen guten Gedanken.

Was konnte er nur dem Sohne Gottes schenken, was eignete sich am besten? Eine Zeitlang träumte er davon, ein zartes Anbetungslied zu komponieren. Aber der kleinste Engel war leider sehr unmusikalisch.

Dann kam ihm der erregende Gedanke, ein Gebet zu verfassen. Ein Gebet, das immerdar in den Herzen der Menschen leben würde; denn es sollte ja das erste Gebet sein, welches das Christuskind hörte. Aber der kleinste Engel hatte leider gar keine Begabung zum Schriftsteller. Was, oh, was konnte ein kleiner Engel schenken, das dem heiligen Kind gefallen würde?

Die Zeit des Wunders stand nahe bevor, als sich der kleinste Engel endlich für seine Gabe entschied. An dem großen Tage holte er sie stolz aus ihrem Versteck hinter einer Wolke hervor und legte sie bescheiden, mit gesenkten Augen vor dem Throne Gottes nieder. Es war nur eine kleine, ungehobelte, unscheinbare Schachtel; doch sie barg all die wunderbaren Dinge, die sogar ein Kind Gottes schätzen mußte.

Eine kleine, ungehobelte, unscheinbare Schachtel lag zwischen all den andern herrlichen Geschenken der Engel des Paradieses, zwischen Geschenken von solch seltener und strahlender Pracht, von so atemraubender Schönheit, daß der Himmel und das ganze Weltall im Widerschein des Glanzes erstrahlten. Als der kleinste Engel dies sah, erkannte er plötzlich, daß sein Geschenk für Gottes Kind unehrerbietig war, und er hätte seine schäbige Gabe gern zurückgenommen. Sie war häßlich. Sie war wertlos. Könnte er sie nur vor dem Blicke Gottes verbergen, bevor sie bemerkt würde!

Es war jedoch zu spät. Die Hand Gottes bewegte sich langsam über die schimmernde Reihe glänzender Gaben, dann hielt sie inne, dann senkte sie sich, dann ruhte sie auf dem geringen Geschenk des kleinsten Engels.

Der kleinste Engel zitterte, als die Schachtel geöffnet wurde und vor den Augen Gottes und all seiner himmlischen Heerscharen sichtbar ward, was er dem Christkind darbot.

Und was wollte er dem heiligen Kind schenken? Oh, da war ein Schmetterling mit goldenen Flügeln, den er an einem hellen Sommertag in den Bergen über Jerusalem gefangen hatte, und ein himmelblaues Ei aus einem Vogelnest in dem Olivenbaum, der die Küchentür seiner Mutter beschattete. Ja, und zwei weiße Steine von einem schlammigen Flußufer, wo er und seine Freunde wie braune Biber gespielt hatten, und auf dem Boden der Schachtel lag ein schlaffer, zerbissener Lederriemen, das Halsband seines mischrassigen Hundes, der gestorben war, wie er gelebt hatte, in unendlicher Liebe und bedingungsloser Treue.

Der kleinste Engel weinte heiße, bittere Tränen, denn jetzt erkannte er, daß sein Geschenk keine Ehrung, sondern eine Gotteslästerung war.

Wie hatte er die Schachtel nur so wundervoll finden können? Wie hatte er nur annehmen können, daß der Gottessohn diese ganz und gar nutzlosen Dinge lieben würde? In verzweifeltem Entsetzen drehte er sich um und lief davon, um sich vor dem göttlichen Zorne des himmlischen Vaters zu verstecken. Aber er stolperte und fiel, und mit einem Schreckensschrei und Heiligenschein-Geklapper rollte er wie ein trauriges Häufchen Elend vor den Thron Gottes.

Es herrschte unheilvolle, furchtbare Stille in

der Himmelsstadt, vollständige Stille, die nur von dem herzzerreißenden Schluchzen des kleinsten Engels gebrochen wurde.

Da erklang plötzlich wie Himmelsmusik die Stimme Gottes und tönte durchs Paradies.

Und Gott sprach: »Von allen Gaben der Engel gefällt mir diese kleine Schachtel am besten. Sie enthält Dinge der Erde und der Menschen, und mein Sohn ist geboren, ihr König zu sein. Dies sind Dinge, die auch mein Sohn kennen, lieben und wertschätzen wird, und trauernd wird er sie zurücklassen, wenn seine Aufgabe auf Erden vollendet ist. Ich nehme diese Gabe im Namen des Jesuskindes an, das heute nacht von Maria in Bethlehem geboren wird.«

Es entstand eine atemlose Pause, und dann erstrahlte die ungehobelte, unscheinbare Schachtel des kleinsten Engels in hellem, unirdischem Licht. Das Licht wurde zu einer leuchtenden Flamme, und die Flamme wurde ein strahlender Stern, der die Augen der Engel blendete.

Keiner, außer dem kleinsten Engel, sah den Stern von seinem Platz vor Gottes Thron aufsteigen. Nur er, er ganz allein schaute zu, wie der strahlende Stern in hohem Bogen über das Himmelsgewölbe flog, stehenblieb und sein klares, weißes, lockendes Licht über den armseligen Stall ausgoß, wo ein Kind geboren ward.

Dort leuchtete er in der Wundernacht, und sein Licht strahlte durch die Jahrhunderte tief in die Herzen der Menschen. Doch die irdischen Augen, die auch von dem Glanz geblendet waren, vermochten nicht zu erkennen, daß dies das geringe Geschenk des kleinsten Engels war, und so nannten die Menschen es immerdar

»Leitstern von Bethlehem«

Die kleinste Glocke

Es war einmal, in einem uralten goldenen Zeitalter, ein glückliches, friedliches Dorf, das sich zwischen purpurroten Bergen in ein grünes Tal schmiegte. Auf dem Platz, der das klopfende Herz dieses Dorfes bildete, stand eine weiße Kirche mit hohem Turm. Im Turm hingen acht Glocken an einem großen Balken, der dreimal dicker war als der Leibesumfang des dicksten Dorfbewohners. Es waren schöne Bronzeglocken mit eingravierten lateinischen Sätzen, die von der Macht und Herrlichkeit des Herrn kündeten. Diese Glocken hatte man in einem kleinen Segelschiff, das auf dem weiten Meer kaum größer als eine Nußschale zu sein schien, auf gefährlicher Fahrt meilenweit aus einem andern Lande gebracht.

Jeden siebenten Tag läuteten die Kirchenglocken süß und rein. Ihre Musik erfüllte alle Winkel und Spalten des grünen Tales und stieg zu den Gipfeln der purpurroten Berge auf. Am Weihnachtstag erhoben sich die acht frohen Stimmen sogar noch höher. Sie schwangen sich immer weiter aufwärts, bis sie das ferne blaue Himmelsgewölbe trafen, und dann sanken sie wie Schnee, um das ganze wilde Land außerhalb des Tales mit melodischen Flocken zu bedecken.

Die fallenden Töne wurden von rauhen Männern vernommen, die in der Wildnis jenseits des Tales lebten. »Habt ihr das gehört?« sagten sie listig und verschlagen zueinander. »Wiegt sie einmal in den Ohren – haben sie nicht einen reichen Klang? Derartige goldene Töne können nur von Glocken aus reinstem Gold stammen! Ho, laßt uns gehen und sie uns holen!«

Wie ein Schwarm gieriger Heuschrecken stürmten sie ins Tal hinunter; aber groß war ihre Enttäuschung, als sie erfuhren, daß der Reichtum des Dorfes nur aus Liebe, Glück und Glauben bestand, aus lauter Dingen, die man nicht rauben konnte. In ihrer Wut verwüsteten die wilden Männer das Tal und machten alles Schöne schwarz und häßlich. Flammen verzehrten die Häuser und die weiße Kirche. Die Glocken im Turm fielen und wurden tief unter den Trümmern begraben; sie sangen nicht mehr zu den Gipfeln der purpurroten Berge hinauf, zum blauen Himmelsgewölbe, zu Gott im Himmel.

Jahrhunderte zogen über das Tal hinweg. Die Wildnis jenseits der purpurroten Berge verschwand. Wo einst wilde Männer ihr Lager aufgeschlagen hatten, da dehnten sich jetzt Städte aus. An den Ufern der Flüsse, die sie befischt hatten, summten emsige Fabriken. Ihre alten Jägerpfade wurden unter Landstraßen begraben, deren breite Schultern sich ungeduldig durch Obstgärten, Bauernhöfe und Weinberge stießen.

Eines Tages erkletterte eine Asphaltstraße, die immer viel kühner ist als ihre Betonbrüder, die purpurroten Berge, wand sich wie ein vergnügtes

Hündchen vor und zurück und schlüpfte in das vergessene Tal hinunter. Die Jahre hatten mit ihrer Sonne und ihrem Regen das Tal geheilt, so daß es wieder grün und schön war wie vor langer Zeit. Die Asphaltstraße freute sich so sehr über ihre Entdeckung, daß sie die Menschen mit lauten Rufen aufforderte, ihr zu folgen. Und die Menschen folgten ihr. Bald wurde auf den Trümmern des alten Dorfes ein neues erbaut. Wenn man von den Bergen auf das grüne Tal und die dichtgedrängten roten Dächer blickte, erinnerte das Dörfchen an eine Stechpalmengirlande. Deshalb sprach man nur noch vom Weihnachtstal, und dieser Name blieb ihm.

Als an einem Werktag die Trümmer des einstigen Dorfplatzes weggeräumt wurden, fand man eine kleine Metallkassette. Darin lag ein vom Alter vergilbtes Pergament, und als man die verblaßten Zeichnungen und Schriftzüge entzifferte, erkannte man, daß es von dem Baumeister stammte, der an dieser Stelle einstmals ein Gebäude errichtet hatte.

»Das war ja eine Kirche!« rief der Bürgermeister.

»Eine schöne Kirche aus weißem Stein mit hohem Turm!« bekräftigten die Gemeinderäte des neuen Dorfes. »Und mit acht Glocken, die das Tal mit Musik erfüllten!«

»Könnt ihr euch vorstellen, wie süß sie am Weihnachtstag klingen würden?« fragte der Bürgermeister. »Ach ja, wir wollen diese Kirche wieder bauen! Wir müssen sogleich damit beginnen!«

Langsam, Stein um Stein, erhoben sich wieder die Mauern der Kirche. Dann wuchs der Turm zum blauen Himmelsgewölbe empor. Als er fertig war, hängte man die alten Glocken, die gesäubert und poliert worden waren, an einen neuen Balken, der dreimal dicker war als der Leibesumfang des dicksten Dorfbewohners.

»Eins, zwei, drei«, zählte der Bürgermeister, »vier, fünf, sechs, sieben … nun sage mir einer, wo ist denn die achte Glocke?«

»Sie fehlt«, antwortete ein Arbeiter. »Wir gruben und wir suchten, aber sie war nicht zu finden.« »Wir müssen aber acht Glocken haben, sonst können wir nicht einmal die einfachste Melodie spielen«, rief der Bürgermeister. »Ich will sofort Auftrag geben, daß man uns eine solche Glocke gießt.«

Eines Abends im Dezember kam die neue Glocke in ihrer Kiste an. Gerade zwei Tage vor Weihnachten wurde sie in den Turm hinaufgeschafft und zu den andern sieben an den Balken gehängt. Sie hatte die höchste Stimme, und darum war sie die kleinste Glocke. Noch nie war sie so hoch oben in der Luft gewesen. Zuerst wurde der kleinsten Glocke nur schwindlig; doch als es dunkelte und sie unter sich nichts mehr sehen konnte außer schwarzer Leere, fürchtete sie sich so sehr, daß sie sich an den dicken Balken klammerte, als ob sie eine braune Ameise wäre, die einen riesigen Rotholzstamm wegtragen wollte.

Als die Dorfuhr die mitternächtliche Geisterstunde schlug, wurde das Bronzegesicht der kleinsten Glocke blaß wie Blech, und sie nahm sich etwas Unerhörtes heraus. Sie ließ ihren Klöppel klappern.

»Wer war das?« dröhnte die größte Glocke, aus dem Schlaf geschreckt.

»Ich nicht«, bummte die zweitgrößte.

»Ich nicht«, bammten und bimmten die nächsten fünf Glocken.

»Dann war es die Glocke, die heute zu uns gekommen ist«, brummte die größte Glocke. Sie schwang vor und blickte über ihren dicken Bauch. »Wenn du Schluckauf hast«, dröhnte sie den Neuankömmling an, »dann halte den Atem an und zähle dabei deine Geburtstage. Das hilft immer.«

»Oh, ich habe keinen Schluckauf«, klingelte die kleinste Glocke. »Und wenn ich ihn hätte, könnte ich ihn auf diese Weise nicht vertreiben. Trotzdem vielen Dank. Ich bin nämlich funkelnagelneu, und ich habe gar keine Geburtstage zu zählen.«

»Gar keine Geburtstage?« Die größte Glocke schlug einen ungläubigen Ton an. Dann ließ sie ihren Klöppel entrüstet klappern und sagte zu ihren Nachbarinnen: »Habt ihr das gehört? Sieben der schönsten Glocken in der Welt, und uns hat man eine blutige Anfängerin aufgebürdet! «

»Es tut mir sehr leid«, rief die kleinste Glocke. »Dazu hast du auch alle Ursache«, donnerte die größte. »Ich bitte dich, wir haben viele hundert Geburtstage gehabt! Wir wurden in Spanien auf Befehl eines Königs gegossen, und der Name des Mannes, der uns entworfen hat, war drei Meter lang ohne alle seine Titel. Ich erweise dir hiermit die Ehre, uns kennenzulernen. Ich bin Bung, und neben mir kommen in einer Reihe bis zu dir Bum, Bam, Bim, Tong, Tang und Ting.«

»Ich freue mich sehr, euch kennenzulernen«, klingelte die kleinste Glocke. »Mein Name ist Winzie.«

»Du bist nicht gefragt worden«, grollte Bung. »Alle sieben sind wir übrigens reich graviert. Auf mir steht in reinstem Latein *Gott ist die Macht.* Die Worte auf Bum lauten *Gott ist die Herrlichkeit.* Wenn es morgen hell ist, kannst du uns untersuchen.«

»Oh, gern!« bimmelte Winzie. »Das wird sehr lehrreich sein.«

»Steht auf dir auch etwas?« läutete Tong.

»Ich ... ich glaube«, klingelte Winzie verlegen.

»Du glaubst?« gongte Bam. »Weißt du es denn nicht?«

»Es steht auf meinem Rücken«, bimmelte die kleinste Glocke. »Und es ist sehr unhöflich, etwas über eine Schulter zu lesen, auch über die eigene.«

»Ting«, donnerte die größte Glocke, »du bist neben diesem Emporkömmling – sieh nach, was auf seinem Rücken steht!«

Winzie schwang vor, und Ting schwang zurück.

»Da steht ... oh, bei meiner Form und meinem geschmolzenen Metall!« Ting läutete hohl: »Da steht ... *Hergestellt in der Gießerei Jakob Merton in Neuyork*!«

»Ach nein, ach nein!« läuteten die andern Glokken entsetzt.

»Das ist zuviel!« dröhnte Bung entrüstet. »Sieben Berufsglocken, und nun haben wir eine Dilettantin unter uns, noch dazu eine Dilettantin aus Neuyork!«

»Dieser Jakob Merton, der dich hergestellt hat...«, gongte Bang, »ist er ein Herzog oder ein Graf?«

»O nein«, bimmelte Winzie. »Aber ich glaube wirklich, er muß ein Engel sein, denn er ist vor mehreren Jahren in den Himmel gekommen.« Die kleinste Glocke schwang unruhig hin und her. »Ich wurde von seinem Sohn gemacht, der Johannes heißt. Ich bin ganz sicher, daß er nur das beste Metall benutzt hat. Ja, ich hörte ihn sagen, daß ich aus Metallüberschuß gemacht worden bin.«

»Oh, do, re, mi, fa, sol, la, si!« stöhnten die sieben alten Glocken. »Sooft sie ihren Klöppel klappern läßt, wird es immer schlimmer! Jetzt gibt sie gar zu, daß ihr Muttererz ein Abfallhaufen war!«

»Na, wir müssen wohl das Beste daraus machen«, seufzte die größte Glocke. »Kannst du überhaupt läuten?«

»O ja«, klingelte Winzie.

»Am besten versuchen wir es mit einer Tonleiter, um zu sehen, ob du auf uns abgestimmt bist. Seid ihr bereit, Glocken? Ein guter Schwung, und dann laßt eine schöne volle Note folgen!« Die größte Glocke lehnte sich zurück und schwang dann mit einem tiefen, vollkehligen »Doooo!« vor.

Nacheinander taten die andern sechs alten Glocken das gleiche; jede Stimme erhob sich eine

Note höher in der Tonleiter. Hierauf warteten sie ... und warteten ... um Winzie zu hören.

»Nun, wird's bald?« donnerte Bung. »Laß dich hören!«

Die kleinste Glocke war so nervös, daß ihre Kehle voll von trockenem Rost zu sein schien, und ihr Klöppel fühlte sich so schwer an wie ein Fuhrwagen mit zwei Pferden. Mit ungeheurer Anstrengung schwang sie zurück, so weit zurück, daß sie aus dem Turm zu fliegen und im nächsten Augenblick tief unten auf den Platz zu stürzen glaubte. In großem Schrecken schwang sie vor, um sich zu retten, so geschwind und heftig, daß ihr Klöppel mit ohrenbetäubendem Metallklang an ihren Mantel krachte.

Die andern Glocken hingen stumm. Dann versuchten sie nacheinander Winzie zu trösten, denn sie weinte so sehr, daß der mächtige Balken, der dreimal dicker war als der Leibesumfang des dicksten Dorfbewohners, wie eine Bambusstange zitterte. Aber welchen Trost gab es für die Glocke, die Weihnachten verderben würde? An diesem Tage würde es ja in dem grünen Tal keine frohe Musik geben. Winzie, die kleinste Glocke, hatte einen Sprung!

In diesem Augenblick, nach Paradieszeit gemessen, saß Jakob Merton auf seiner Lieblingsbank, die gerade beim Tor zur Ewigkeit stand. Jakob Merton war ein runder, freundlicher kleiner Mann mit ehrlichen blauen Augen und schneeweißem

Backenbart. Sein Heiligenschein, der ihm sorgfältig und genau über dem Kopf schwebte, verlieh ihm etwas Würdevolles und Zuverlässiges. Seine Flügel waren makellos und glatt; er war bekannt dafür, daß er nie vergaß, sie auszubreiten, wenn er sich setzte, so daß sie nicht knitterten.

Jakob Merton liebte diese Bank besonders, weil er hier das endlose Kommen und Gehen der Himmelsboten beobachten konnte. Mit einem der Boten hatte er nähere Bekanntschaft geschlossen, und dieser Engel verweilte manchmal bei ihm, um Jakob Merton allerlei Neuigkeiten von seinen alten Freunden in der Gießerei unten in Neuyork zu erzählen.

Jakob wartete hoffnungsvoll, und endlich wurde seine Geduld belohnt.

»Guten Morgen«, rief sein Freund.

»Ein wunderschöner Tag«, begrüßte ihn Jakob.

»Himmlisch«, antwortete der Himmelsbote. »Sehr weihnachtlich unten in Neuyork! Du solltest deine Gießerei sehen! Pakete und rote Seidenbänder überall! Und dein Bild, das im vorderen Büro hängt ... erinnerst du dich daran?«

»O ja, gewiß«, bekräftigte Jakob. »Mein Sohn Johannes ließ es in dem Jahr malen, als ich hier heraufkam und mich zur Ruhe setzte.«

»Um das Bild haben sie einen großen Stechpalmenkranz gehängt.«

»Tatsächlich?« gab Jakob strahlend zurück. »Das wäre nicht nötig gewesen.«

»Sie wollten es aber«, lachte der Himmelsbote. »Leider habe ich eine betrübliche Nachricht für dich«, fuhr er fort. »Einer deiner Glocken ist Leid widerfahren. Winzie hat sich im Kirchturm drunten in Weihnachtstal einen Sprung geholt. Jetzt werden sie dort am Weihnachtstag keine Musik haben. Traurig, nicht wahr? Je nun, so ist das Leben. Und nun muß ich weiter! Auf Wiedersehen, Jakob.«

»Auf Wiedersehen«, rief Jakob ihm mit blassem Gesicht und steifen Lippen nach. ›Oh, das ist schlimm, sehr schlimm‹, dachte er. ›Keine Musik am Weihnachtstag, und schuld daran ist nur die Gießerei Jakob Merton. Ach, eine Werkstatt, die ein solches Unglück verursacht, ist nicht besser als ein Mensch, der einem Kind Steine zu Weihnachten schenkt.‹ Er stand entschlossen auf. ›Ich muß etwas dagegen tun‹, sagte er. ›Ich muß sofort etwas dagegen tun.‹

Er eilte durchs Haupttor und dann hinunter zur untersten Stufe der goldenen Treppe.

»Johannes!« rief er. »Johannes, hier ist dein Vater... hörst du mich? Es ist etwas Furchtbares geschehen!«

Er lauschte, vernahm aber keine Antwort.

»Johannes!« rief er, so laut er konnte. Wieder wartete er gespannt. Als er keinen Ton hörte, drehte er sich um und stieg niedergeschlagen die Treppe hinauf. ›Es hat keinen Zweck‹, dachte er. ›Es muß unten in Neuyork sehr kalt sein, und wahrscheinlich trägt er seine Ohrenschützer.‹

Jakob Merton ließ sich auf der obersten Stufe nieder, ohne daran zu denken, seine Flügel auszubreiten, und ohne sich um Knitterfalten zu kümmern. Er überlegte, ob er hinuntergehen und versuchen sollte, die Glocke durch eine neue zu ersetzen. Sogleich schlug er sich diesen Gedanken als unpraktisch aus dem Kopf. Er war kein guter Flieger, und er konnte niemals eine Glocke den ganzen Weg von der Gießerei bis nach Weihnachtstal tragen.

›Mit ein paar Werkzeugen ginge es‹, grübelte er, ›aber wie daran gelangen? Sie sind eingeschlossen, und der neue Wächter in der Gießerei kennt mich nicht. Es wäre ein Wunder, wenn er mich überhaupt einließe ...‹

Ein Wunder – das war's! Ein Wunder mußte vollbracht werden!

Jakob sprang auf die Füße und eilte zur Straße der Wunder.

Die Himmelsstraßen waren am Tage vor Weihnachten überfüllt, sogar noch mehr als die Straßen der Städte und Dörfer unten auf der Erde, weil der Himmel die Quelle aller Weihnachtsfeiern war.

Verzweifelt war Jakob bemüht, sich einen Weg durch die dichte Menge zu bahnen. Bei jedem Schritt vorwärts schien er um eine Flügellänge zurückgestoßen zu werden. Beim ersten Jahrtausendkreis verlor er seine Brille. Beim zweiten Jahrtausendkreis verlor er seine Mantelknöpfe. Beim dritten Jahrtausendkreis verlor er seinen Heiligenschein, und er gebärdete sich so ungeduldig wie ein Kind, als er den ganzen Weg zum zweiten Jahrtausendkreis zurückjagen mußte.

Als die Stunden auf den Zehenspitzen rasten, um den Weihnachtsabend zu erreichen, war der arme Jakob Merton schließlich so erschöpft, daß er nicht weiterkonnte. Zerschunden und zerschlagen brach er auf der breiten Treppe des Gebäudes zusammen, welches die mächtige Abteilung für Regen, Sonnenschein und göttliche Kraft beherbergte.

»Aber, Jakob Merton!« hörte er eine erschrockene Stimme rufen. »Oh, mein lieber Jakob Merton, es tut mir weh, dich so zu sehen. Sogar in Zeiten des Krieges, des geschäftlichen Rückgangs und des Wiederaufbaus warst du für mich das Urbild der Kraft, als ich in deiner Gießerei für dich arbeitete. Erinnerst du dich nicht mehr an mich? Kennst du Albert Schmidt nicht mehr?«

Jakob, dem der Heiligenschein schief über dem Kopf hing, und dessen weißer Backenbart so feucht war wie ein tränengetränktes Taschentuch, machte die Augen auf. Ein älterer Engel mit sanften blauen Augen und schmutzigem Gesicht beugte sich ängstlich über ihn. »Schmidtchen!« rief er verwundert, »Schmidtchen, was tust du denn hier?«

»Hier bin ich beschäftigt.« Albert Schmidt zeigte stolz auf das große Gebäude. »In der Abteilung für irdisches Wetter. Im Wolkenbüro, um genau zu sein. Wolken gibt es nämlich in allen Größen und Farben – dunkel, hell und silbergesäumt. Meine Arbeit besteht darin, in all die dunklen Wolken einen Blitz von der richtigen Größe zu stecken. Oh, ich kann dir sagen, ich muß jeden Zick und jeden Zack zählen, wenn ich einen Blitz hineinfalte, denn wenn er abgeht und die

Regenwolke zerreißt, muß es genau über der Stelle sein, wo man Regen braucht.«

In Jakobs Augen leuchtete es seltsam auf. »Schmidtchen, könntest du mir ein paar Blitze abtreten?«

»Soll das heißen ...« Schmidtchens Heiligenschein stand vor Verwunderung zu Berge. »Soll das heißen, zu deinem persönlichen Gebrauch?«

»Zur Herrlichkeit der Weihnacht und zur Ehre der Gießerei Merton«, antwortete der liebe alte Engel. Dann schilderte er den schrecklichen Unfall, den Winzie, die kleinste Glocke, erlitten hatte. »Aber ich glaube fest, daß ich den Schaden beheben kann, wenn du mir zwei Blitze abtrittst, Schmidtchen«, schloß er überzeugt.

Albert Schmidt ging die Treppe hinauf und öffnete weit die Tür. »Jakob Merton, komm du nur mit mir, dann zeige ich dir die Blitze, die wir auf Lager haben.«

Die beiden alten Engel eilten durch die endlosen, widerhallenden Gänge, durch die verlassene Malabteilung, wo Wolken von Hand mit Morgen- und Abendfarben bemalt wurden, durch den dunklen Saal, wo die unzähligen Formenmuster für Schneeflocken entworfen wurden, durch die kalte Abteilung des Hagels und durch den zugigen Saal der Winde mit den vier großen Gewölben, die die Aufschrift Nord, Ost, Süd und West trugen, und atemlos gelangten sie zu einer festen Schranke mit der flammenden Warnung:

Gefahr
Ungefähr zehn Billionen Volt

»Da sind sie«, sagte Albert Schmidt mit gedämpfter Stimme und wies auf Tausende von schimmernden Blitzen, die, in feuchten Nebel gehüllt, in ihren Sicherheitskisten lagen und beim geringsten Stoß oder Gerüttel in lodernde Wut auszubrechen pflegten. »Welche möchtest du haben?«

»Ein rundes Dutzend der größten«, flüsterte Jakob.

»Gern.« Sorgsam legte Albert Schmidt sechs tödliche Blitze in Jakobs Arme und suchte dann noch ein halbes Dutzend für sich selbst aus.

»Ach, Schmidtchen!« stöhnte Jakob in plötzlicher Verzweiflung, als er seine alten Beine zittern fühlte. »Sie sind so schwer! Wir werden sie niemals den weiten Weg nach Weihnachtstal tragen können.«

»Wir brauchen sie nicht zu tragen.« Albert Schmidt lachte leise. »Komm nur mit mir!«

Jakob schwankte unter der Last der Blitze, während er Albert durch die Hintertür des Gebäudes zu einem weiten, sternenbeleuchteten Feld folgte. Hier ruhten die schlafenden Wolken in ihren Schuppen gleich großen schwellenden Ballonen.

Albert rief, und aus einer dunklen Öffnung segelte eine dicke schwarze Wolke, in deren Kehle Donner schnurrte. Als er die Wolke streichelte, knurrte sie vor Vergnügen. »Setz dich vorn hin, Jakob Merton, dann kannst du diesen schwarzen Ballon steuern.«

»Aber, Schmidtchen«, stieß der liebe alte Engel hervor, »werden wir nicht viel zu spät fürs Weihnachtsfest ankommen?«

»Mach dir deswegen keine Sorgen«, raunte Albert. Mit sehr lauter Stimme sagte er dann: »Weißt du, was ich vorhin gesehen habe, Jakob Merton? Einen der groben, ungezogenen Wirbelstürme! Einen rasenden Wirbelsturm, der darauf aus ist, eine gute, brave Wolke zu packen und zur Erde hinunterzuschleudern. Großer Barometer! Da kommt der Wirbelsturm! Halt dich fest, Jakob Merton, halt dich fest!«

Die schwarze Wolke donnerte vor Schrecken. Mit angstvollem Sprung, der ihren Fahrgast beinahe abwarf, sauste sie aus der Himmelsstadt mit Lichtgeschwindigkeit.

Es war eine wilde und heiligenscheinsträubende Fahrt, die an diesem Abend nach Weihnachtstal hinunter gemacht wurde. Hätten Astronomen den Himmel beobachtet, so hätten sie den seltsamen Flug am Auffunkeln erkennen können; denn jedesmal wenn die schnelle Wolke an einen Stern stieß, zuckte ein Blitz auf.

Als sie endlich über der weißen Kirche im grünen Tal schwebten, waren nur noch zwei große Blitze übriggeblieben. Der alte Jakob Merton spähte über den feuchten, wogenden Rand der müden Wolke. Dann ergriff er einen gleißenden Blitz und warf ihn flammend ins grüne Tal hinunter. Er sauste in den Kirchturm und traf liebevoll die kleinste Glocke mit weißglühendem Strahl.

Die kleinste Glocke glühte rot – orange – gelb –

und als das Metall infolge der wunderlichen Hitze weich wurde, verschwand der schlimme Sprung, der ihr Gesicht verunstaltet hatte, und sie war wieder ganz und vollkommen.

»Es wäre echt schade, den zweiten Blitz nicht auszunützen«, sagte Jakob nachdenklich. Er schleuderte ihn hinunter, abermals auf die kleinste Glocke, damit sie einen lauten, reinen, vollkommenen Ton erhielt. Der Inschrift auf ihrem Rükken fügte der Blitz drei Wörter hinzu.

Hergestellt in der
Gießerei Jakob Merton in Neuyork
besonders für Weihnachten

Ja, wirklich, es war eine wundervolle Weihnacht in Weihnachtstal! Die acht frohen Stimmen der Glocken im hohen Turm der weißen Kirche füllten jeden Winkel und Spalt des grünen Tales, stiegen zu den Gipfeln der purpurroten Berge auf und schwangen sich weiter aufwärts, bis sie das ferne blaue Himmelsgewölbe trafen.

Die Stimme der kleinsten Glocke stieg sogar noch höher. Der alte Jakob Merton, der wieder auf seiner Bank beim großen Himmelstor saß, hörte sie deutlich. Auch der Herrgott vernahm sie, denn Er lauscht immer auf solch frohe Stimmen.

Was die kleinste Glocke zu ihnen sagte, bleibt unbekannt; aber zu all den Menschen im grünen Tal sprach sie dieselben Worte, die sie zueinander sagten: »Gottes Segen ... Friede auf Erden und den Menschen ein Wohlgefallen!«

Der kleinste Winterkobold

Jedes Jahr anfangs Dezember ...

Wenn aller Zauber des vergangenen Sommers unter einer dicken, warmen Laubdecke tief begraben liegt ...

Wenn der Frost allen im Walde, die warmes Wetter lieben, »Schlafenszeit, ihr guten Leute!« zugerufen hat und jeder hohle Baum und jedes Loch in einer Steinmauer eine schlafende Elfe, einen Gnom oder eine Waldnymphe beherbergt ...

Dann kommen vom Nordpol her die lustigsten Kobolde des ganzen wundersamen Märchenlandes, die Winterkobolde, die anzeigen, daß bald Weihnachten sein wird. Sie kommen mit jedem Winterwind, der bläst; sie sitzen auf seinem Rücken und hängen zu Dutzenden an seinem Schwanz.

Ein Winterkobold reicht, wie jeder weiß, einem Tannenzapfen gerade bis zum Knie und wiegt acht Stechpalmenbeeren. Er trägt einen hohen, spitzen Hut, so daß er wie ein umgekehrtes Eiskornett aussieht. Er hat eine Erdbeernase, fröhliche Schokoladenaugen, und stets trägt er einen warmen Anzug aus Tuttifrutti, ein Mandelhalstuch und Gummischuhe aus Lakritze. All dies läßt einen Winterkobold sehr lecker und appetitanregend aussehen, und er muß sich sehr in acht nehmen, daß kein hungriger Fuchs oder Wolf die Zunge herausstreckt und ihn, ehe er sich's versieht, geistesabwesend verschluckt.

Aus diesem Grunde vergräbt sich jeder Winterkobold, sowie er an seinem Bestimmungsort angelangt ist, sofort im Schnee. Dann senkt er den Kopf und benutzt seinen spitzen Hut als Ramme, um runde, schöne Tunnels zu machen, wenn er irgendwohin gehen will. Sehr viele törichte Menschen glauben, der Schnee knirsche unter ihren Füßen an kalten Tagen, wenn das geringste Geräusch von der Luft laut und deutlich getragen wird. Aber es ist nicht der Schnee, der diesen Lärm macht, sondern ein aufgebrachter Winterkobold, der in seinen Lakritzengummischuhen auf und ab hüpft und sich beschwert, daß irgendein unbedachter Fuß seinen Tunnel zerstört hat.

Jeder im Märchenreich muß eine bestimmte Arbeit tun – sei es, Libellen zureiten und an den Sattel gewöhnen, sei es, im Mondschein auf dem Fenstersims eines Kinderzimmers ein lustiges Menuett tanzen –, und die Aufgabe der Winterkobolde besteht darin, jede Ortschaft im Norden so schön zu machen wie eine glitzernde Weihnachtskarte.

Das ist keine Kleinigkeit, und neun Monate im Jahr – von März bis November – arbeiten die Winterkobolde oben im Polarkreis fleißig und angestrengt.

Zuerst schaben sie die neugewachsenen Eisfasern von allen uralten Gletschern; dann spinnen sie aus diesen Eisfasern ein Garn, das nicht dicker ist als die Wimper einer Mücke; schließlich setzen sie sich mit ihrer Nadel hin und häkeln Tausende und aber Tausende der zierlichsten, schönsten sternförmigen Schneeflocken, die man jemals erblickt hat.

Wenn der Winterkobold im Monat Dezember auf dem wilden, bockigen Nordwind südwärts reitet, trägt er einen großen Sack auf der Schulter, der bis zum Platzen mit seinen selbsthergestellten Schneeflocken gefüllt ist. Jedem Winterkobold ist eine bestimmte Ortschaft, eine Stadt oder ein Dorf, zugewiesen worden, die er weihnachtlich schmücken muß.

Ja, und jeder Winterkobold rümpft kritisch die Erdbeernase und läßt prüfend die Schokoladenaugen umherwandern, während er seine kostbaren Schneeflocken auf einem Dach oder einer Hecke anordnet oder um eine Kirchturmspitze windet. Seine Ortschaft muß wie ein Märchenland aussehen, denn wenn der Weihnachtsgeist am Weihnachtsabend um die Welt fliegt, wird er innehalten und sie betrachten. Ist die Stadt besonders schön, so wird der Weihnachtsgeist so nahe heranfliegen, daß jeder Bewohner dort unten seine beglückende Wärme fühlen kann.

Mitunter geschieht es sogar, daß ein vielbeneideter Ort die größte und seltenste Belohnung erhält. Wenn sich der Winterkobold als Meister des Schmückens erwiesen hat und die Stadt einen unvergleichlich schönen Anblick bietet, dann bückt sich der wundersame Weihnachtsgeist und küßt die Spitze des höchsten Kirchturms. Sein Atem ist so warm, daß er in der kalten Winterluft zu Dampf wird und wie ein Heiligenschein über dem Kirchturm schwebt. Wenn das geschieht, herrscht große Freude unter den Winterkobolden. Eine Stadt ist mit einem Feiertag gesegnet worden, an den man sich in allen kommenden Jahren erinnern wird.

Es war einmal ein Winterkobold, der so klein war, daß er in einem Iglu wohnte, den er sich aus einem einzigen Eiswürfel gebaut hatte. Die Schokoladenaugen des kleinsten Winterkobolds waren nicht größer als Stecknadelspitzen, und seine Erdbeernase war noch kleiner als ein schwarzer Punkt auf dem Rücken des Marienkäferchens. Der spitze Hut war ihm viel zu groß, obwohl er nur ein Viertel von einem Fingerhut maß, und er wäre ihm übers Gesicht gerutscht und hätte es vollständig zugedeckt, wenn ihn nicht die abstehenden Rosinenohren festgehalten hätten. Sein Tuttifrutti-Anzug hatte die kleinste Nummer, die der Schneider kannte, war aber an so vielen Stellen eingenommen, daß sich kaum unterscheiden ließ, was Tutti und was Frutti war. Seine Lakritzengummischuhe mußten als Schande für alle Winterkobolde angesehen werden. Sie waren viel zu groß für seine winzigen Füße, so daß der kleinste Winterkobold Hosenträger aus dehnbaren Karamellen benutzte, um sie nicht zu verlieren.

Obwohl der kleinste Winterkobold kaum größer war als ein Flohstich, beseelte ihn guter Wille, und nichts konnte ihn von seinem Entschluß abbringen, etwas zu leisten. Die ganze Zeit, während er an der Herstellung seiner Schneeflocken arbeitete, sang er – für die andern war es beinahe ohrenbetäubend – ein Lied, das er sich eines Nachts in seinem Eiswürfeliglu ausgedacht hatte:

»Ich bin ein winzigkleiner Zwerg,
Und das ist halt mein Los.
Ich sitze hier an meinem Werk,
Obwohl nur halb so groß!

Ich häkle hier aufs allerbest
Schneeflocken wunderschön,
So daß man dann beim Weihnachtsfest
Den schönsten Schmuck wird sehn!«

Doch um die ganze Wahrheit zu sagen, der kleinste Winterkobold verstand sich auf die Herstellung einer Schneeflocke nicht besser als ein Sommerkobold oder eine Maienelfe. Als er das Eis von den alten Gletschern abschabte, schnitt er die Eisfasern kreuz und quer. Und als er sein Garn spann, wurde es nicht so fein und weich wie die Wimper einer Mücke. Es war so dick und drahtig wie das muskulöse Bein einer Hausfliege. Und als sich der kleinste Winterkobold hinsetzte und Schneeflocken zu häkeln begann, lachten alle andern Winterkobolde schallend, so daß ihnen die Bonbonknöpfe von den Tuttifrutti-Anzügen absprangen.

Noch nie hatte man derartige Schneeflocken gesehen. Sie waren so dick und klebrig wie schlechtgebackener Eierkuchen. Sie waren weder rund noch viereckig. Sie waren weder oval noch dreieckig. Sie waren nicht sternförmig und spitzenartig, und wenn eine von ihnen auf das emporgewandte Gesicht eines Sternsingers gefallen wäre, hätte der Arme wahrscheinlich geglaubt, schwabbliger Pudding hätte ihn getroffen.

Als der erste Dezember kam und es für alle Winterkobolde Zeit wurde, die Nordwinde zu besteigen und zu ihrem Bestimmungsort zu fliegen, kam es bei einer Besprechung des obersten Rates zu einer langen und erbitterten Debatte. Es ging um die Frage: »Welcher unselige Ort war klein genug, unbedeutend genug und häßlich genug, daß man ihm den kleinsten Winterkobold und seine abscheulichen Schneeflocken zumuten konnte?«

»Es ist der Antrag gestellt und unterstützt worden«, sagte der müde Versammlungsleiter schließlich, »unseren kleinsten Winterkobold nach Hinterwinkelhausen zu schicken. Einerlei, was er dort anstellt, ich glaube nicht, daß er uns Winterkobolden Schande machen kann, weil der Weihnachtsgeist es niemals sehen wird. Hinterwinkelhausen liegt tief verborgen im Winkel eines dunklen Waldes. Wer also dafür ist, den kleinsten Winterkobold dorthin zu schicken, der sage laut: Ja!«

»Ja!« riefen die versammelten Winterkobolde. Damit war die Frage entschieden, und der kleinste Winterkobold wurde angewiesen, den Nordwind zu nehmen, der Granitstaatsexpreß hieß und um acht Minuten vor sieben den Nordpol verließ, und mit ihm nach Hinterwinkelhausen zu reisen.

Jeder andere Dekorateur hätte beim Anblick

dieses hinterwäldlerischen Ortes verzweifelt geweint. Hier gab es einen Kaufladen mit schmutzigen Schaufenstern, ein verwittertes Kirchlein mit schiefem Glockenturm und ein paar Häuser, die ebenso verbraucht waren wie die Menschen, die darin wohnten. Aber der kleinste Winterkobold war noch nirgends gewesen, und er fand das Dörfchen wunderschön. ›Ich kann es kaum glauben‹, sagte er zu sich selbst. ›Diese Riesenstadt soll ich ganz allein für Weihnachten schmücken! Oh, beim Tannenbaum, ich will ihnen zeigen, daß ich es kann!‹

Der kleinste Winterkobold grub seine Tunnels, so daß er zu jedem Gebäude in Hinterwinkelhausen gelangen konnte, ohne gesehen zu werden. Der eine Tunnel endete unter einem Schuppen, wo ein paar Farbentöpfe standen. Auf ein Brett malte er mit großen bunten Buchstaben:

!!!Ankündigung!!!
Zum diesjährigen Weihnachtsfest
wird der
unübertreffliche, unvergleichliche,
international geehrte und geliebte
Weihnachtsgeist
persönlich erscheinen
Niemand versäume
dieses einmalige Ereignis!
Vorsitzender
des Ausschmückungskomitees:
Der kleinste Winterkobold

Nun, man kann sich wohl die Verwunderung und Verwirrung der Einwohner von Hinterwinkelhausen vorstellen, als sie eines Dezembermorgens diese Ankündigung an der Kirchentür lasen. Allenthalben klingelte das Telefon, und binnen einer Stunde hatten alle Leute im Umkreis von fünfzig Kilometern die Neuigkeit erfahren.

Die Nachricht ging von Mund zu Mund, und in weniger als zwei Stunden hatte sie die dunklen Wälder durchquert und war auf den Straßen der Hauptstadt angekommen. Die Zeitung in der Hauptstadt entsandte sogleich mit einem Hubschrauber einen Fotografen, der die Ankündigung des kleinsten Winterkobolds für eine Wiedergabe auf der ersten Seite aufnehmen sollte. Das Reisebüro ließ bekanntgeben, daß eine ganze Kolonne von Sonderautobussen mit Ferienreisenden nach Hinterwinkelhausen fahren würde. Der Statthalter telegraphierte dem Pfarrer in Hinterwinkelhausen, er möge ihm und seiner Familie am Weihnachtsabend einen Kirchenstuhl freihalten.

Und alle Hinterwinkelhausener – sie hatten sich inzwischen von ihrem fassungslosen Erstaunen über die Tatsache, daß ihr armseliges Nest für solch ein wundersames Ereignis ausersehen worden war, erholt – krempelten die Ärmel hoch, schlugen einander auf den Rücken und schworen, dem Weihnachtsgeist zeigen zu wollen, was sie zu leisten vermochten.

»Hoppla!« lachte der oberste Magistrat, vergaß sein Zipperlein und machte einen Luftsprung.

»Wir wollen ein großes Fest daraus machen und die Stadt weihnachtlich anmalen!«

In den folgenden Tagen wurde geputzt, gefegt, geschrubbt und gemalt, bis jedes verkrüppelte Gestrüpp festlich glänzte; Hämmer und Glocken klopften und läuteten munter; Menschen lachten herzlich, Kinder riefen fröhlich, Hunde bellten lustig, Katzen schnurrten vergnügt – und unten in seinen Tunnels spannte der kleinste Winterkobold Wäscheleinen, packte seinen Sack aus und hängte seine besonderen Weihnachtsschneeflocken auf.

Während er wartete, bis sie sich von der Reise erholt und alle Falten verloren hatten, sang er sein Lied und übte den uralten Winterkoboldtanz, den man nur in Lakritzengummischuhen ausführen kann.

»Hört!« sagten einige Hinterwinkelhausener. »Das ist der kleinste Winterkobold, der Vorsitzende des Ausschmückungskomitees.« Sogar der Dorfälteste konnte das unterirdische Lied des kleinsten Winterkobolds durch sein Hörrohr deutlich vernehmen:

»... So daß man dann beim Weihnachtsfest den schönsten Schmuck wird sehn!«

Am Vorvorabend von Weihnachten trug der kleinste Winterkobold seine handgehäkelten Schneeflocken zum Kirchendach. Der Wind blies so kalt und so stark, daß die Schokoladenaugen des kleinsten Winterkobolds tränten; er wischte sie sich mit seinem Mandelhalstuch ab. ›Nun wollen wir einmal sehen ...‹, sagte er zu sich selbst, ›ich glaube, ich werde alle meine Schneeflocken an einer langen Schnur auffädeln. Dann wickle ich die Schnur um den Glockenturm und binde eine große Weihnachtsschleife.‹

Das war jedoch viel leichter gesagt als getan. Der Wind war nicht nur kalt und stark, es war auch einer jener tückischen, diebischen Winterwinde, denen es Freude macht, eine Mütze, einen Handschuh oder sonst ein kleines Besitztum zu ergreifen und damit wegzulaufen. Der kleinste Winterkobold mußte sich auf seinen Schneeflockenhaufen setzen, um ihn zu schützen, und es war eine ungeheure Mühe, die Schneeflocken aufzufädeln, weil der Wind und der kleinste Winterkobold mit jeder Schneeflocke Seilziehen spielten.

Als die Arbeit fertig war, ergriff der müde Winterkobold das eine Ende seiner langen Schneeflockenschnur und erkletterte die höchste Spitze des Kirchturms. In diesem Augenblick packte der tückische Wind das andere Ende der Schnur und rannte damit weg. Der kleinste Winterkobold, der die Schnur nicht losließ, flog über die Wälder wie der Schwanz eines Drachens.

Vielleicht wäre er als erster Winterkobold rings um die Erde geflogen, wenn er nicht bemerkt hätte, daß sein linker Lakritzengummischuh nicht am Hosenträger befestigt war. Es waren seine besten Schuhe, deswegen ließ er die Schnur los und bückte sich, um den Schuh zu befestigen, und da fiel er raketenschnell zur Erde hinunter.

»Oje, oje!« jammerte er. »Das war ein schlimmer Fehler! Jetzt ist es um mich geschehen ...« Aber es kam anders. Mit lautem Kaugummiknall landete er auf dem knorrigen Ast einer großen Eiche, und wie auf einem Schlitten rutschte er daran hinab und verschwand in einem erschreckenden schwarzen Loch im hohlen Stamm. Er plumpste durch Dunkelheit, die so schwarz war wie das Innere einer Schokoladenstange, und sank auf eine Matratze, die so weich und nachgiebig war wie ein Pudding.

Er blinzelte und sah, daß er sich in einem gemütlichen Baumstammraum befand, der vom Nachtlicht eines Glühwürmchens warm erhellt wurde. Im Bett saß eine kleine alte Dame, die ihr graues Haar mit Lockenwicklern aus Löwenzahn aufgesteckt und sich bis zum Kinn in einen Schal aus Distelwolle gehüllt hatte.

»So eine Frechheit von einem Winterkobold!« entrüstete sie sich. »Hast du denn gar keine Kinderstube? Weißt du nicht, daß man nicht unaufgefordert hereinplatzen darf?«

»Ich ... ich wußte nicht, daß ich hier eindringen würde«, stammelte der kleinste Winterkobold. »Ich bitte vielmals um Entschuldigung, Fräulein ... Frau ... gnädige Frau.«

»Nenne mich gefälligst ›Königliche Hoheit‹!« verwies ihn die kleine alte Dame. »Ich bin nämlich die Patin der Feenkönigin. Ich habe meinen Wecker auf halb nach Frühling gestellt, und jetzt ist es Viertel vor Winter! Was unterstehst du dich, mich mitten in der Nacht zu wecken? Ich bin eine alte Dame, und ich brauche meinen Schlaf. Ich befehle dir, diese königliche Eiche sofort zu verlassen!«

»Ich weiß aber nicht, wohin ich gehen soll«, rief der kleinste Winterkobold. »Ich habe meine Schneeflocken verloren, und deshalb kann ich nicht nach Hinterwinkelhausen zurückkehren.«

»Dann geh heim ins Winterkoboldland hinter dem Polarkreis«, befahl die Patin der Feenkönigin.

»Das ist unmöglich«, antwortete er. »Ich müßte mit einem Südwind reisen, und bis zum Januartau fährt kein Südwind ab. Könnte ich nicht hierbleiben, bis ...«

»Nein, ausgeschlossen«, unterbrach sie ihn. »Laß mich überlegen ...«, fuhr sie nachdenklich fort. »Würden dir neue Schneeflocken aus deinen Schwierigkeiten helfen?«

»O ja!« piepste der kleinste Winterkobold. »Dann könnte ich meine Stadt weihnachtlich schmücken.«

»Also gut«, sagte sie. »Du sitzt auf einer Matratze der glücklichen Träume. Sie ist gefüllt mit Tausenden und aber Tausenden von Federchen, die den Jungvögeln beim ersten Flug ausfallen und von den Waldelfen für mich gesammelt werden. Ich werde sie in Weihnachtsschneeflocken verwandeln.«

»Kannst du das wirklich?« fragte er.

»Natürlich kann ich das!« lachte sie. »Hast du noch nie gehört, daß ich einen Kürbis in eine herrliche Karosse und Mäuse in prächtige Pferde verwandelte, damit ein braves Mädchen namens Aschenbrödel zum Ball gehen konnte? Aber etwas mußt du wissen«, warnte sie. »Am Weihnachtstag untersteht aller Zauber dem Weihnachtsgeist. In der Weihnachtsnacht wird mein Zauber um fünf Minuten vor zwölf gebrochen sein, und dann verwandeln sich die Schneeflocken wieder in Federn.« »Oh, das macht nichts«, rief der kleinste Winterkobold. »Der Weihnachtsgeist wird vorher nach Hinterwinkelhausen kommen.«

»Also gut«, sagte die Patin der Feenkönigin. »Halt dich an der Matratze fest!« Dann schloß sie die Augen, hob die Arme in die Höhe und sang:

»Engelshaar und Weihnachtsglocken!
Federn, entfedert und werdet zu Flocken!«

Die Matratze schien sich wie ein Ballon mit Luft zu füllen. Sie stieg mit dem kleinsten Winterkobold zu dem Loch hoch oben in dem hohlen Eichenstamm empor und flog dann über die dunklen Wälder zum Kirchendach von Hinterwinkelhausen. Als sie landete, platzten ihre Säume, und da saß der kleinste Winterkobold auf Tausenden und aber Tausenden von allerschönsten Weihnachtsschneeflocken.

Er arbeitete die ganze Nacht hindurch, und als der Morgen kam, rollte er sich im Glockenturm zusammen und schlief glücklich und zufrieden ein in seinem Glauben, den schönsten Weihnachtsschmuck in der langen Geschichte der Winterkobolde geschaffen zu haben.

Und so war es auch. Die Bewohner von Hinterwinkelhausen sahen ihn als erste, und sie bestaunten ihn mit offenem Munde. Gegen Mittag kamen dann die Autobusse aus der Hauptstadt an, und die Leute aus der großen Stadt schüttelten den Kopf und sagten »Oh!« und »Ah!«, als könnten sie es kaum fassen, daß es irgendwo eine derartige Pracht gab.

Am Abend, als der Statthalter mit seiner Familie eintraf, war kein Platz mehr für einen einzigen Menschen, mochte er noch so klein und mager sein. Es war eine klare, kalte Dezembernacht, aber der kleinste Winterkobold hoch oben im Glockenturm war so aufgeregt, daß ihm ganz heiß wurde.

Die Stunden gingen in ihren Sechzig-Minuten-Stiefeln vorbei. Sechs Uhr, sieben Uhr, acht Uhr, neun! Der kleinste Winterkobold erkletterte die Spitze des Kirchturms und saß auf Wache; mit sorgenvollen Schokoladenaugen suchte er den östlichen Horizont ab. Was hielt den Weihnachtsgeist vom Kommen ab?

Durch das unruhige Murmeln der Menschenmenge hörte der kleinste Winterkobold zehn und elf Uhr auf klappernden Absätzen durch Hinterwinkelhausen laufen. Hatte der Weihnachtsgeist vergessen, daß es Weihnachten war?

Dann aber – genau um Viertel vor zwölf – räusperte sich unten ein Lautsprecher und verkündete mit rauher Kehle der jubelnden Menge, daß der Weihnachtsgeist mit höchster Geschwindigkeit und frohgemut auf dem Wege nach Hinterwinkelhausen sei.

»Oh, oh!« flüsterte der kleinste Winterkobold erregt vor sich hin. »Gleich wird er hier sein!« Er schaute hinab, um einen letzten prüfenden Blick auf seinen Weihnachtsschmuck zu werfen ... da rieb er sich erschrocken die Schokoladenaugen und sah nochmals hin.

Kräuselten sich schon einige Flocken am Rand? Hatten die meisten ein sonderbar eingeschrumpftes Aussehen? Sollten sich die Schneeflocken vor seiner Erdbeernase in Federn zurückverwandeln?

»Aber die Patin der Feenkönigin sagte doch, sie würden sich bis fünf Minuten vor zwölf halten!« rief er entsetzt. »Sie dürfen sich jetzt nicht zurückverwandeln!«

Aber so geschah es. Der Wind ergriff ein Dutzend, dann hundert, dann tausend und trug sie davon. In zehn Sekunden war der ganze schöne Schmuck verschwunden und das Kirchendach so kahl wie eine gerupfte Weihnachtsgans.

Der kleinste Winterkobold verbarg das Gesicht in seinem Mandelhalstuch und wurde ein Häufchen kummervollen Elends. Alle kleinen Knochen, Muskeln und Sehnen in seinem Tuttifrutti-Anzug, von den Lakritzengummischuhen bis zu seinem spitzen Hut, vergossen Tränen. So sehr erfüllten ihn Schmerzenstränen, daß sie ihm aus Augen, Ohren und Nase strömten. Er wurde zu einem kleinen Brunnen, der die ganze Kirche mit Leidesregen besprühte.

Plötzlich fühlte er eine wunderliche Wärme, und als er aufblickte, sah er den lieblichen Weihnachtsgeist mit seinem Gewand aus Immergrün und seiner glitzernden Lamettakrone, die besetzt war mit Rubinen aus Stechpalmenbeeren.

»Noch nie«, sagte er zu dem erstaunten Winterkobold, »noch nie sah ich bei fast zweitausend Weihnachtsfesten etwas so Schönes!«

Als der kleinste Winterkobold hinunterschaute, gewahrte er eine Kirche, die aus reinstem Kristall geschnitten zu sein schien. Sein Tränenborn hatte jeden Teil des alten Gebäudes berührt – den Turm, den Glockenstuhl, das Dach, das Schnitzwerk an den Traufen, die schiefen Dachschindeln, die rissige Tür, die bröckelnden Stufen –, und jedes Tröpfchen war in der eiskalten Dezemberluft gefroren. Sterne, Mond und Lampenlicht schimmerten darauf, und durch die Glasur leuchtete die Kirche in blauen, goldenen und silbernen Farben.

Die Menschenmenge unten sah, daß der Weihnachtsgeist die Turmspitze der alten Kirche küßte, und sie sah, wie sein warmer Atem in der Winterluft zu Dampf wurde und einen Heiligenschein bildete. Dann beugte er sich lächelnd zum kleinsten Winterkobold und gab ihm einen Kuß. Über seinem spitzen Hut schwebte ein zweiter Heiligenschein, klein, aber rund und vollkommen wie die frohen Lippen des Weihnachtsgeistes.

In der Menge begann jemand zu singen, andere stimmten ein, und bald wurde es ein Chor von vielen fröhlichen Stimmen. Er stieg empor zum gestirnten Himmelsgewölbe der Weihnachtsnacht und verbreitete sich bis zu den fernsten Winkeln des Weihnachtsmärchenlandes:

»Er ist ein winzigkleiner Zwerg,
Und das ist halt sein Los.
Er saß nun hier an seinem Werk,
Obwohl nur halb so groß!

Hörst du je sein fröhlich Singen
Unterm tiefen Schnee erklingen,
Dankst du ihm aufs allerbest
Für das schönste Weihnachtsfest!«

Die kleinste Prinzessin

Es war einmal im fröhlichen Monat Dezember eines wahrhaft friedvollen und wohltuenden Jahres, daß die gesamte Oberfläche unserer verrunzelten, weit herumgekommenen alten Erde so verschwenderisch und so liebevoll mit grünen Stechpalmenzweigen, silbernem Lametta und auffallenden roten Schleifen geschmückt war, daß hochfliegende Schneevögel sagten, daß sie genau wie ein fröhlicher und glitzernder Christbaumschmuck aussehe, der am winterlichen Himmel zwischen Schnüren von Popcorn-Sternen hin- und herschaukelt.

»Stellt euch vor, Herrschaften«, jubelten die Fernsehansager mit ihren wohltönenden Stimmen, »dieser glückliche Planet hat endlich Nikotopia erreicht! Eine weltweite Umfrage, die das ganze Gebiet zwischen dem nördlichsten Polarbären und dem südlichsten Pinguin umfaßt, beweist absolut, ohne jeden Zweifel und einstimmig, daß es keinen einzigen Erdbewohner gibt, der an diesem kommenden fünfundzwanzigsten Dezember nicht über alle Maßen fröhlich sein wird!«

Ja ja – aber hatte auch nur einer dieser Stadtschreier des Fernsehens daran gedacht, sich zu überlegen, wie Weihnachten für die aussah, die weit unter der geschenkverpackten Oberfläche ihrer Festtagserde lebten? War auch nur ein seetüchtiger Meinungsforscher in Taucheranzug, Taucherkugel oder Unterseeboot hinuntergeschickt worden, um den Glücksquotienten des Meervolks zu erheben, das in dem sagenhaften Königreich Neptuns lebte, das sich weit, schön und klaftertief unter den unermeßlichen Ozeanen und den sieben großen Meeren erstreckte?

Mein Gott – selbst die kleinste unkonservierte Sardine, die in der Nähe von Davy Jones' Laden Fischspringen spielte, hätte der Welt dort oben sagen können, daß das kommende Weihnachtsfest das unglücklichste sein würde, das man in Neptuns Unterwasserreich je erlebt hatte.

An keinem der muschelgedeckten Herrenhäuser auf irgendeiner weißsandigen Hauptstraße und an keinem der krebsgedeckten Bauernhäuschen auf irgendeinem schwarzsandigen Feldweg hing ein ermutigender Kranz aus grünem Tang an der Tür. Kein einziges Weihnachtsscheit aus Treibholz lag auf irgendeiner Kaminplatte! Und im ganzen mächtigen Königreich Neptuns zeigte sich kein einziger weihnachtlicher Schwammbaum – ein heiterer Baum aus hübschem Algengrün, der stolz seine Girlanden aus überzuckertem Schaum trug – mit verschlungenen vielfarbig strahlenden Lichterketten, die am Weihnachtsabend im Nu in wunderbarem Licht erstrahlten, wenn man den Stecker fest in den Zahn eines gefälligen Zitteraals steckte.

Die unschuldige Ursache für die völlige Abwesenheit weihnachtlicher Stimmung im Reich des guten Königs Neptun war ein kleines Buch, das auf dem Grabbeltisch eines Geschäfts gelegen hatte, der unter dem Namen Davy Jones' Laden bekannt war.

Der Umschlag des Buches, der einen schalkhaften älteren Herrn mit einem großen Rauschebart zeigte, hatte die kindliche Aufmerksamkeit von Prinzessin Marina erregt, der kleinsten und besonders geliebten Tochter König Neptuns.

Marina war nach Hause zum Korallenschloß geeilt und hatte einige Münzen aus dem Vorrat ihres Sparfischs geschüttelt, um dieses Buch zu kaufen. Mit dem kostbaren Band in ihren kleinen Händen hatte sie es sich gemütlich gemacht, um sich mühsam eine zauberhafte Geschichte in übermütigen Reimen zusammenzubuchstabieren, die kein einziges Kind in dem alten Königreich unter Wasser jemals gelesen oder je zu Gesicht bekommen hatte. Eine unglaubliche Geschichte, die mit den Worten begann: »Es war Weihnachtsabend, und im ganzen Haus regte sich niemand, nicht mal eine Maus!«

Es war die traurige und schmerzliche Aufgabe Vater Neptuns gewesen, der kleinen Marina zu erklären, daß der Schlitten des Nikolaus, der von einem lebhaften geweihtragenden Gespann gezogen wurde, nie das Dach des Korallenschlosses besuchen könne.

»Aber warum kann er nicht kommen?« hatte das Kind unter Tränen gefragt.

»Der alte Junge ist nicht amphibisch, Marina«, erklärte Vater Neptun sanft. »Und seine Rentiere auch nicht. Ehrlich, selbst wenn sie mit motorisierten Flossen und elastischen Schnorcheln zum Atmen ausgestattet wären, würden sie es nicht schaffen!«

Die kleinste Prinzessin ging in ihr Zimmer hinauf und weinte sich in den Schlaf. Am nächsten Morgen war sie blaß und unruhig und weigerte sich, etwas zu essen. Der hervorragende Doktor Kieme, der berühmteste Ozeanopäde, wurde in aller Eile herbeizitiert. Er sammelte ihre herunterfallenden Tränen und schüttete sie in ein Glasfläschchen.

»Ach du lieber Gott!« seufzte Doktor Kieme, als er das Fläschchen gegen das Licht hielt und sich die Sache ansah. »Die kleinste Prinzessin leidet unter einer schrecklichen Krankheit, die Kinder im Winter befällt. Meine verehrten Kollegen oben auf der Erde nennen es Nikolausitis!«

»Ist es gefährlich?« fragte der besorgte Vater Neptun.

»Es ist äußerst gefährlich!« verkündete der Arzt ernst. »Die Tränen in diesem Glasfläschchen weisen auf ein zu neunzig Prozent gebrochenes Herz! Wenn nicht ein außerordentliches Wunder als Gegenmittel eingesetzt wird, wird unsere liebe Kleinste Prinzessin am Weihnachtstag sterben!«

Die schreckliche Nachricht verbreitete sich so schnell wie eine Flutwelle in jede Ecke und Tiefe von Neptuns mächtigem Königreich, vom australischen Großen Barrier-Riff bis in die Tiefen des Kongo, von der bengalischen Bucht bis zum Golf von St. Lawrence!

Jeder Gedanke an Weihnachtsfreude war vergessen. Das prächtige Korallenschloß stand still da, seine Fenster waren verdunkelt. Jeder Meeresbewohner unterbrach an jedem darauf folgenden Dezembertag einmal in der Stunde seine Arbeit, um ein von Herzen kommendes Gebet für das Leben der geliebten kleinsten Prinzessin zu sprechen.

Jeder Meeresbewohner, mit einer Ausnahme.

Jeder Meeresbewohner außer Davy Jones – der sich keinen Deut um Kinder oder Weihnachten oder überhaupt etwas auf oder unter der Erde scherte, es sei denn, er konnte es als Gewinn in sein Geschäftsbuch eintragen.

Oh, ein knausriger, gieriger, mißgünstiger, rücksichtsloser, gewinnsüchtiger Geizhals war Davy Jones! Er hätte aus einer Rübe Blut oder einen Silberschilling aus der mit einem Vorhängeschloß verriegelten Börse des knickrigen Ebenezer Scrooge pressen können! Keine Seejungfrau, ganz egal, wie arm sie war oder wie sehr sie es verdiente, bekam in Davy Jones' Laden auch nur den winzigsten Kredit an Weihnachten. Kein Meerbettler wagte es, an seine Tür zu klopfen und um eine milde Gabe für die fröhliche Zeit zu bitten, und keine Schar Meereskinder hatte je den Mut, vor seinen schmutzigen Fenstern anzuhalten, um in der Hoffnung auf ein kleines Geschenk ein Weihnachtslied zu singen oder den weihnachtlichen Hornpipe zu tanzen.

Hart wie ein Wellenbrecher aus Beton war der alte Davy Jones! Nur wenn er hörte, daß ein Schiff in den Wellen versank, sah man tatsächlich so etwas wie einen kleinen hellen Funken in Davys stählernen Augen aufleuchten. Eine solche Katastrophe verhieß reiche und kostenlose Plünderbeute, die, sobald sie zu den ächzenden Regalen in Davys Laden geschafft worden war, für eine schöne Mark oder einen lieblichen Dollar verkauft werden konnte. Er kletterte in seinen von einem Seepferdchen gezogenen Meerschlitten, ein Gefährt, das noch älter und klappriger war als der berühmte Einspänner des Diakons, und weg war er, so schnell wie ein Hai, in Richtung Schiffswrack!

Dieses unterwürfige und unglückliche Seepferdchen, das Davys einziger Angestellter war, trug den ungewöhnlichen Namen Plumpie Pimlico. Obwohl er überarbeitet und unterernährt war, zuviel schwimmen mußte und zu schlecht entlohnt wurde, schuftete der arme Plumpie unter der unablässigen und demoralisierenden Angst, daß es Davy in seinen bösen und geizigen Kopf kommen könne, ihn zu entlassen. Das wäre wahrlich eine Katastrophe wie die von Jonas und dem Wal gewesen – denn Plumpie Pimlico war der Ernährer von sieben jüngeren Brüdern und Schwestern. Wenn er seinen Job verlöre, wer würde dann die Seeschlange von der Tür weisen – dieser lieben, aber rostigen Tür ihres billigen Stalls, der im obersten Stockwerk des billigsten und baufälligsten Kaltwasser-Mietshauses ohne Fahrstuhl an der linken Sandbank des Golfstroms lag?

Nun, an diesem speziellen Vorweihnachtsabend

saß der alte Davy Jones an seinem Schreibpult hinter den stockfleckigen Vorderfenstern seines Ladens, die bebrillte Knollennase so tief in die Seiten seines Geschäftsbuchs gesteckt, daß nur noch ein Nasentropfen dazwischengepaßt hätte. Hinter ihm erstreckten sich bis in die tintenfischfarbige Dunkelheit hinein seine Regale und Ladentische, auf denen all die verlorenen Schätze der oberen Welt lagen:

Schleifen und Spitzen, Damaststoff und Samt,
Ringe für Finger, Nase und Ohren,
Strumpfbänder, Becher, Gamaschen und Tand,
Satinpantoffeln gingen verloren.
Silberne Reifen, Trompeten, Parfums,
Seidene Strümpfe und Gewürze
Königskronen, goldener Schmuck,
Pelzkrägen, Zahnstocher und Zylinder,
Bücher für Weise und Spielzeug für Kinder!

An der Wand über Davys weißem struppigem Kopf hing sein wertvollster Besitz, das einzige Stück, das er für keinen Preis der Welt verkaufen würde. Es war eine Plakette, auf der das stolze Wappen abgebildet war, auf das jedes beneidenswerte Individuum Anspruch hatte, das durch eine höchst glückliche Wendung des Schicksals dazu berechtigt war, den Namen Jones zu tragen. Der alte Davy setzte ein letztes Dezimalkomma, lehnte sich in seinem wackligen Stuhl zurück und blickte stolz zu der Plakette empor.

»Ich bin ein echter Jones«, sagte er zu sich. »O

wirklich, der gute Fischengel muß am Tag meiner Geburt über mir gewacht haben! Man denke nur, ich bin ein echter, ein geborener, getaufter und erzogener Jones!«

Plötzlich schlich sich das Geräusch eines ängstlichen Flüsterns auf leisen Silben aus der trostlosen Höhle des Hinterzimmers. Der alte Davy sandte einen bedrohlich finsteren Blick in diese Richtung und schrie:

»Master Pimlico! Master Plumpie Pimlico, ich rede mit Ihnen!«

»Ja, Sir, Mister Jones, Sir«, antwortete Plumpie in seinem unterwürfigsten und versöhnlichsten Tonfall.

»Kommen Sie her!« befahl Davy. »Auf der Stelle, und zwar schnell!«

»Ja, Sir, Mister Jones, Sir!« Der kleine Plumpie tauchte, von den Kiemen bis zum Schwanz bleich vor Schreck, aus der dunklen Düsternis auf, seine Flossen in der Bauchtasche, damit man nicht sah, wie sehr sie zitterten. »Ist etwas nicht in Ordnung, Mister Jones, Sir?«

»In der Tat!« fauchte Davy Jones. »Was war das für ein Flüstern?«

»Ach das, Sir«, stammelte Plumpie. »Das war ich, Sir. Ich habe gebetet, Sir.«

»Gebetet?« brüllte der alte Davy. »Während der Geschäftszeit?«

»Aber Mister Jones, Sir ...«, flehte Plumpie. »Es war nur eine halbe Minute vor Ladenschluß!«

»Eine halbe Minute ist eine halbe Minute!« schnauzte Davy Jones. »Ich habe nicht vor, Sie für einen Achtzehn-Stunden-Tag zu bezahlen, wenn Sie nur siebzehn Stunden, neunundfünfzig und eine halbe Minute arbeiten. Wollen Sie, daß ich mein Leben im Armenhaus beende?«

»O nein, Sir!« hauchte Plumpie. »Ganz bestimmt nicht, Mister Jones, Sir!«

»Gut!« sagte Davy. »Dann nehme ich an, daß Sie Ihren Lohn für diesen Siebzehn Stunden neunundfünfzig und eine halbe Minute-Tag für meine Alterssicherung spenden wollen?«

»Nun, Sir ...«, begann Plumpie. »Da ist die Miete und Weihnachtsgeschenke für meine Brüder und Schwestern ...«

»Reden wir nicht mehr darüber!« befahl Davy Jones. »Ihr großzügiges Geschenk hat mein wankelmütiges und dummes Herz so gerührt, daß es mir schlichtweg unmöglich ist, Sie zu entlassen. Wenigstens nicht heute abend. Morgen sieht das vielleicht anders aus. Und jetzt erzählen Sie mir, für wen Sie Ihr banales und Zeit vergeudendes Gebet gesprochen haben?«

»Für die kleinste Prinzessin, Mister Jones, Sir!« rief Plumpie. »Für die kleinste Prinzessin Marina!«

»Was ist los mit ihr?« knurrte der alte Davy.

»Sie wird sterben, Sir«, weinte Plumpie. »Wenn sie nicht durch ein Wunder gerettet wird, wird sie am ersten Weihnachtstag sterben!«

»Was ist daran so schlimm?« krächzte Davy Jones. »Ein königliches Maul weniger zu stopfen – vielleicht muß ich dann weniger Steuern zahlen.«

»Oh, Mister Jones, Sir!« sagte Plumpie Pimlico. »Das ist nicht Ihr Ernst!«

»Und ob das mein Ernst ist!« zischte der alte Davy. »Und wenn sie stirbt, um so besser, daß das Weihnachten geschieht, das ist ein gesetzlicher Feiertag. Sonst würden Sie früher oder später bei mir ankriechen und mich darum bitten, während der Geschäftszeit auf meine Kosten zur Beerdigung gehen zu dürfen.«

»Oh, Mister Jones, Sir!« jammerte Plumpie. »So etwas Böses dürfen Sie nicht sagen!«

»Gute Nacht, Master Pimlico!« schnaubte Davy Jones. »Und wenn Ihnen Ihr Job lieb ist, erwarte ich, daß Sie morgen beim ersten Krabbengrauen wieder hier sind und Ihre Arbeit tun!«

Sehr verstört durch das Gespräch mit seinem reizbaren Arbeitgeber machte sich der kleine Plumpie auf den Heimweg, schwamm mühsam die Wellen hoch und ließ sich auf der anderen Seite hinuntertreiben. Sein kleines Herz trug eine schwere Sorgenlast, seine Stimmung war auf dem Nullpunkt. Seine Augen waren so getrübt von Tränen, daß ein schwarzer Katzenfisch um Schnurrhaaresbreite seinen Weg gekreuzt hätte! Um diesem kätzischen Unglücksboten zu entgehen, paddelte er hektisch auf den Hafen zu und landete in den stillen Wassern von Garrison Bight vor Key West.

Viele Boote waren mit weihnachtlichen Lichterketten geschmückt und zerrten gereizt an ihren Ankerketten oder ihren Tauen, als ob sie es nicht erwarten könnten, daß es Weihnachten wurde. Jede Mannschaft schien ein Radio oder einen Plattenspieler an Bord zu haben, und an jedem erleuchteten Bullauge stand ein Weihnachtssänger, der alle für die Weihnachtswache an Deck rief. Ah, und am Ufer, das so lichterglänzend und atemberaubend war, daß man glauben konnte, der große Michelangelo hätte rücklings auf einem Stern gelegen, um es zu malen, hing ein gigantisches Bild dieses lustigen und berühmten Gabenverschwenders, des heiligen Nikolaus.

Plumpie schwamm, so nahe er konnte, an das große Plakat heran und schaute es sich prüfend an.

»Hü!« sagte er zu sich. »Das sind also Rentiere! Für mich sehen sie wie Seepferde mit einer Hutablage auf dem Kopf aus! Nun, ich muß machen, daß ich nach Hause komme und das Weihnachtsfest vorbereite.«

Später am Abend wurden Plumpies Nachbarn von eigenartigen Geräuschen hochgescheucht, die aus dem obersten Stall drangen. Es gab ein solches Stampfen und Wiehern, ein solches Bimmeln und Klirren, daß es das vom Wasser angegriffene Haus bis in seine Grundfesten erschütterte! Es weckte sogar Davy Jones auf, der Klafter weit weg war, und dieser verdrießliche alte Meeresbewohner schwamm aus seinem Laden, eilte den Strom hinauf und hinunter zu Plumpies ärmlichem Haus. Er schlug zornig an Plumpies Tür.

»Ruhe!« donnerte er. »Ruhe, ihr verdammten Seepferde, oder ich prügle euch so, daß ihr nicht mehr wißt, wie viele Flossen ihr habt !«

»Ja, Sir! Sofort, Sir«, stammelte Plumpie mit zitternder Stimme, und der Rest der Nacht war so still, daß man einen Hufnagel von einer Reiterkrabbe hätte fallen hören können.

Am nächsten Tag saß der alte Davy Jones nach Geschäftsschluß an seinem verschließbaren Schreibpult und addierte den Gewinn eines Tages wucherhafter Geldgräberei, der seine Börse klingeln ließ. Plötzlich fingen acht kleine Stimmen im Hinterzimmer ohne die geringste Vorwarnung an zu singen!

»Fröhlich, fröhlich schwimmen wir,
schwimmen wir, schwimmen wir,
Fröhlich, fröhlich schwimmen wir,
Weil Weihnachten ist!«

Dann trabten Plumpie und seine sieben Brüder und Schwestern im Galopp in den vorderen Verkaufsraum des aufgeschreckten Davy. Jedes Seepferdchen hatte sich zwei hübsche Korallenspieße am Kopf befestigt – und alle waren sie durch ein feines Geschirr aus geflochtenem Seegras miteinander verbunden!

Die acht Seepferdchen hielten vor Davys Pult an, wedelten lebhaft mit ihren schleifengeschmückten Schwänzen und sangen laut:

»Wir sind acht kleine Meer-Rens
Aus dem Nikolausrevier,
Wir kommen von Nikos Werkstatt
Am Nordpol, weit von hier!
Sieh nur unsre roten Korallen-
Geweihe im festlichen Schein,
Wir schwimmen herunter vom Seestern:
Ins Bett nun, ihr Kinder, schlaft ein!«

»Aufhören!« brüllte der alte Davy Jones. »Auf der Stelle hört ihr damit auf!« Er erhob sich und funkelte die erschrockenen und sich duckenden Seepferdchen an. »Was soll dieser idiotische Lärm bedeuten, Master Plumpie?«

»Also, Sir, Mister Jones, Sir, wir wollten zeigen, wie ungemein einfach es wäre, das Leben der kleinsten Prinzessin zu retten! Erlauben Sie mir, Sir, Ihnen meine Brüder und Schwestern vorzustellen. Schwebend von rechts nach links sind es Honey, Bonbon, Peachtart, Creampuff, Cookie, Taffy und Sweetheart. Und jetzt, Sir, Mister Jones, Sir, wenn ich einen Vorschlag machen dürfte ...?«

»Nicht der Mühe wert«, knurrte Davy, »aber lassen Sie hören, Master Plumpie!«

»Nun, Sir ...«, brachte Plumpie zitternd hervor, »wenn Sie uns die roten Piratenhosen geben würden, die wir aus dem auf der Höhe von Tortuga gesunkenen Kaperschiff haben, und den roten Mantel, den wir uns aus dem Wrack der H.M.S. Pinafore besorgten, und wenn Sie uns erlaubten, Sie in Ihrem Meerschlitten am Weihnachtsabend auf das Dach des Korallenschlosses zu ziehen ... nun, Sir, Mister Jones, Sir, ich bin ganz sicher, daß die kleinste Prinzessin den Eindruck hätte, daß sie vom Nikolaus und seinen Rentieren besucht würde, und sie wäre völlig und für alle Zeit von der Nikolausitis geheilt!«

»Können Sie mir auch nur einen vernünftigen Grund nennen, weshalb ich mich so zum Narren machen sollte?« fragte der alte Davy giftig.

»Aber alle hätten dann ein fröhliches Weihnachtsfest, Mister Jones, Sir!«

»Meinetwegen kann's ihnen allen schlecht gehen!« keifte Davy Jones. »Je salziger ihre Tränen, um so besser für unser Wasser. Fröhliche Weihnachten, in der Tat! Jeden Schwachkopf, der herumrennt und ›Fröhliche Weihnachten‹ säuselt, sollte man tausend Klafter tief bei der Weihnachtsinsel vergraben!«

»Oh, Mister Jones, Sir!« rief Plumpie. »Bitte sagen Sie doch nicht so etwas Schreckliches!«

»Und ob ich es sage!« schrie Davy. »Und ich sage Ihnen noch mehr! Sie sind entlassen! Ich hoffe, daß Sie ein sehr fröhliches Weihnachten haben, während Sie sich eine neue Stelle suchen! Und jetzt verschwinden Sie, bevor ich Sie in Büchsen mit der Aufschrift ›100% Seepferdefleisch‹ stecke und als Hundefischfutter verkaufe!«

Als die zu Tode erschrockenen Seepferdchen in die Nacht hinausgestürmt waren, verriegelte, versperrte und verschloß der alte Davy Jones alle Türen. Dann, als er seine Phosphorsparlampe aufnahm, deren bleicher Schein ihm den Weg zu seinem Schlafzimmer schwach beleuchtete, sah er, daß ein unehrerbietiger Schimmelfleck es wagte, das Wappen der Jones zu beschmutzen. Der alte Davy stieg auf einen Stuhl und polierte seine kostbare Plakette mit seinem Hemdsärmel. Als sie wieder in ihrem ursprünglichen stolzen Glanz erstrahlte, stieg Davy Jones die knarrenden Treppen zu seinem Schlafzimmer empor, das im ersten Stock lag.

Als er sich auszog, hatte er das deutliche und eigenartige Gefühl, beobachtet zu werden. Verächtliche Blicke schienen seine dünnen Beine, seinen massigen Bauch und seine dicken Arme zu prüfen. Mit zitternden Händen beeilte sich der alte Davy, sich unter seinem Nachthemd zu verstecken.

»Quatsch!« sagte der alte Davy Jones laut. »Alles nur Quatsch! Das ist mein Zimmer und ich bin allein.« Aber um sicher zu gehen, daß es wirklich nur Einbildung war, schaute er unters Bett, den Kamin hinauf und in den Schrank, bevor er seine Nachtmütze aufsetzte und zwischen seine kalten und feuchten Laken schlüpfte.

Kaum hatte er die Lampe gelöscht, fing das Flüstern an. Eine Flut zorniger, vernichtender, höhnischer Stimmen schwappte die Straße herunter, überflutete den Rinnstein, ergoß sich in den Keller des Ladens, kroch die Treppe herauf, plätscherte durch den Spalt unter seiner Schlafzimmertür, setzte seine Matratze unter Wasser und drehte sie in schwindelerregenden Kreisen, als ob sie ein Rettungsfloß in einem Mahlstrom sei!

»Quatsch!« rief der alte Davy noch einmal. »Nichts, wovor man sich fürchten müßte! Vermutlich hat ein transozeanisches Telefonkabel ein Leck und verunreinigt das Meerwasser mit diesem Geschwätz von oben!« Dann zog sich der alte Davy die Nachtmütze über die Ohren und die Decke über seinen Kopf und legte sich schlafen.

Er war noch drei kurze Schnarchlängen vom goldenen Land der Träume entfernt, als eine grobe

Hand ihn am Zipfel seines verschlissenen Nachthemds ins Wachsein zurückzog.

»Hör sofort damit auf!« beklagte sich Davy Jones. Dann schnellten seine buschigen Augenbrauen wie laichende Lachse empor, denn er sah, daß sein Zimmer voller Leute war. »Wer seid ihr?« wollte der alte Davy wissen. »Und was wollt ihr?«

»Wir sind die Jones!« verkündete eine sehr alte Dame. »Ich bin Ur... Urgroßmutter Jones! Und das«, sie zeigte mit ihrem Krückstock auf einen ebenso alten Herrn, »ist Ur... Urgroßvater Jones. Wir sind Adam und Eva des gesamten Jones-Stammes!«

»Jetzt hör zu!« sagte Ur... Urgroßvater Jones streng. Er zog eine Seite Schreibpapier aus seiner Tasche und las: »To Whom It May Concern: Dieser Wurm, dieses Individuum, das sich Davy Jones nennt, wurde aus unserem Stammbaum gestrichen! Von diesem Augenblick an haben die Jones mit seinen schäbigen Taten und seinem gemeinen Verhalten nichts mehr zu tun!«

»O nein!« krächzte Davy und sprang aus dem Bett. »Bitte!« flehte er. »Ihr könnt mich doch nicht verstoßen!«

»Wir können es, und wir tun es!« schnauzte ihn Ur... Urgroßmutter Jones an. »Schließlich beneidete die ganze Welt die Jones um ihr Weihnachtsfest, bis du daherkamst!«

»Es war immer das großzügigste, das warmherzigste und das fröhlichste von allen!« verkündete Ur... Urgroßvater. »Wenn es darum ging, Weihnachten zu feiern, konnte keiner mit den Jones mithalten!«

»Aber das hab ich nicht gewußt!« stöhnte der alte Davy. »Ehrlich – ich wußte es nicht! Aber wenn ihr mir noch eine Chance gebt ...!«

»Dafür ist es zu spät!« sagte Ur... Urgroßmutter unnachgiebig. »Zerstört jetzt den Nachweis!« befahl sie den anderen Familienmitgliedern.

Dann sah der alte Davy zu seinem Entsetzen, wie seine heißgeliebte Plakette, die immer so stolz an der Wand über seinem Schreibpult gehangen hatte, von Hand zu Hand gereicht wurde, bis sie Ur... Urgroßvater erreichte. Der alte Herr schleuderte sie in den Kamin – wo sie sofort in Flammen aufging.

»O bitte!« weinte der alte Davy Jones. »Habt Mitleid mit mir! Seid großzügig!«

»Warst du je großzügig?« fragte Ur... Urgroßmutter zornig.

»Trotzdem«, jaulte Davy, »ihr könnt mich nicht einfach zu dem schrecklichen Schicksal eines Mannes verdammen, der keine Familie hat! Ich muß einen Namen haben!«

»Die Sache ist erledigt!« sagte Ur... Urgroßvater.

»Erledigt!« sagten alle Jones im Zimmer und auf der Straße drunten. »Vollständig erledigt!«

»Nein, sagt das nicht!« weinte der alte Davy. »Ich verspreche euch, daß ich meine alte harte Schale abstreife, als ob ich ein Krebs wäre! Ehrlich, ich werde so fröhlich sein wie ein verspielter Delphin! Mein Herz wird so groß sein wie das eines Wals!«

»Zu spät!« sagten alle Jones, gingen zur Tür hinaus und entschwanden aus seinem Blick.

»Bitte!« schrie der alte Davy verzweifelt und legte seine Arme in panischer Angst um Ur... Urgroßmutter, um sie aufzuhalten. »Ihr müßt mir zuhören!« Die alte Dame versuchte, sich zu befreien, aber er hielt sie mit aller Kraft fest. »Ich werde Weihnachten feiern! Ich werde Weihnachten lieben! Ich werde Weihnachten mit anderen teilen!« Schlüpfrig wie ein Aal entwand sich Ur... Urgroßmutter seinem Griff und stürzte zur Tür hinaus. »Warte!« schrie Davy und rannte ihr hinterher. Am oberen Ende der Treppe gelang es ihm gerade noch, die Fransen ihres Schals zu packen. »Ich bitte dich – nur noch eine Chance!«

Ur... Urgroßmutters Antwort auf seine Bitte war ein hartes gewaltsames Ziehen an ihrem Schal – ein heftiger, mitleidloser Ruck, der verursachte, daß der alte Davy die Balance verlor und die Treppe hinunterfiel.

Mit zugekniffenen Augen und heulend wie ein Nebelhorn fiel er in den schwarzen Abgrund. Wie eine Meeresschildkröte hielt er mit eisigen Fingern die Fransen des Schals fest, während er tausend Klafter tief fiel, bis er mit einem knochenbrechenden Aufprall unten ankam.

Zitternd wie eine Qualle öffnete er die Augen. Er sah sein eigenes Schlafzimmer, das in das rosige Licht des Morgens getaucht war! Er lag in einem Wirrwarr von Laken auf dem Boden und hielt den Zipfel seines Kissens in seiner knorrigen Faust!

»Herrje, Gott sei meiner Seele gnädig!« stieß

der alte Davy aus. »Es war alles ein Traum! Nein – kein Traum! Eine Prophezeiung der gütigen Jones! Sie haben mir die Chance gegeben, um die ich gebeten habe! Ich hoffe und bete nur, daß es nicht zu spät ist!«

Davy flog zum Fenster und sah hinaus. Auf der Straße waren keine Jones – und es war niemand zu sehen außer einem alten Lampreten, der wie jeden Morgen damit beschäftigt war, die Straßenlampen zu löschen. Davys Blick richtete sich ängstlich auf das Schild über seiner Ladentür – und Wunder über Wunder – es war noch da!

»Ich danke dir, Ur... Urgroßmutter!« hauchte Davy. »Ich danke dir so sehr, Ur... Urgroßvater! Und ich verspreche, daß ich euch nicht enttäuschen werde!« Er beugte sich weit aus dem Fenster und rief dem Lampreten zu. »Sie da! Sie da, Sir!«

»Hmhh?« murmelte der. »Was gibt's?«

»Würden Sie einem Mann am Weihnachtstag einen besonderen Gefallen tun und so schnell ein Aal nur schlängeln kann unverzüglich zu Master Pimlico eilen und ihm sagen, daß ich ihn und seine fachmännische Hilfe auf der Stelle brauche?«

»Was springt dabei für mich raus?« fragte der Lamprete.

»Eine lebenslange Rente in guten goldenen Dublonen!« versprach Davy.

»Aber hoppla, ich bin schon weg!« quietschte der Lamprete. Und weg war er – schneller als ein düsengetriebenes Ausrufezeichen!

»Und nun an die Arbeit!« rief der alte Davy

Jones, schlüpfte aus seinem Nachthemd und hüpfte in seine Kleider. »Holt den Anker ein und setzt die Segel! Wir nehmen Kurs auf das kolossalste, ausuferndste und umwerfendste Weihnachtsfest, das Neptuns Königreich je gesehen hat – und wir laufen bis Mitternacht in den Hafen ein, oder der Kompaß platzt!«

Es war gerade sieben Uhr morgens, als er in seinem Meerschlitten, der von acht tänzelnden Meer-Rens gezogen wurde, auf das Korallenschloß Neptuns zusegelte. »Fröhliche Weihnachten!« schrie der alte Davy. »Fröhliche Weihnachten!« pfiffen Plumpie und seine Brüder und Schwestern.

Dieses ausgelassene Gespann, eingekleidet aus Davys Vorrat an Schätzen, trug glänzende siebenendige Geweihe, die aus goldenen Zahnstochern gemacht waren. Ihr Geschirr war aus dem feinsten und weichsten Saffianleder, rubinrot gefärbt und verschwenderisch mit zehnkarätigen Diamantohrringen befestigt. Am Ende eines jeden geringelten und mit Schleifen geschmückten Schwanzes steckte ein Paar Kastagnetten aus Elfenbein – und alle klick-klackten sie in einem lustigen schnellen Rhythmus daher, der selbst das schärfste Ohr glauben machen konnte, daß es das Geräusch von zweiunddreißig galoppierenden Hufen hörte!

Und erst der Schlitten! Noch nie hatte jemand einen solchen Meerschlitten gesehen! Es war ein Schwanenschlitten mit königlichem Wappen, den der alte Davy aus einem gesunkenen Segelschiff gerettet hatte. Über das Korallenschloß flog er –

und landete mit einem solchen Klappern und Krachen auf dem Dach, daß König Neptun ans Fenster rannte, um nachzusehen, was los war.

Davy flutschte den Kamin hinunter wie eine Kaulquappe. Oh, es war mächtig eng, aber er bewies überzeugend und aller Logik zum Trotz, daß ein runder fetter Pflock in ein viereckiges Loch paßt.

Und die kleinste Prinzessin hob ihren Kopf vom Kissen und küßte ihn. Das ist schwer zu glauben – aber sie tat es wirklich! Sie küßte ihn mitten auf seine ledrige alte Backe, die seit Gott weiß wie vielen Jahren keinen Kuß mehr gekannt hatte. Es verursachte ihm ein höchst angenehmes Gefühl – als ob jemand sein rostiges und verschlossenes Herz mit einer Feder gekitzelt hätte.

Er mochte dieses Gefühl so sehr, daß er mit dem festen Vorsatz den Kamin wieder hinauffuhr, jedes Dach zu besuchen, das er finden konnte. Als es Morgen wurde, gab es auf den Regalen und Tischen des Ladens keinen einzigen Schatz mehr – aber der alte Davy Jones war nun der meistgeküßte und nicht mehr der meistverfluchte Mann im ganzen Reich Neptuns.

Landbewohner, die Klafter weiter oben auf der Erde leben, werden ihn vermutlich nie zu Gesicht bekommen – aber an diesem Weihnachtsabend und an allen Weihnachtsabenden danach wartet jedes Meereskind in dem märchenhaften Land unter dem weiten Ozean und den sieben Meeren gespannt, atemlos und höchst erwartungsvoll.

Auf den kleinen alten Kutscher, den alten Seebär,
Als Sankt Davy kennt ihn das Meervolk von jeher!
Berühmt sind die Meer-Rens, die nie erlahmen,
Und er pfeift, und er singt, und er ruft sie beim
Namen:
»Auf Honey! Auf Bonbon! Auf Sugar und Peachtart!
Los Creampuff! Los Cookie und Taffy! Los
Plumpie und Sweetheart!
Die Wellen hinauf und ins Meer tief hinein,
Schwimmt weiter! Schwimmt weiter,
ihr Lieblinge mein!«
Und sie hören ihn rufen, er ist nicht mehr zu sehn,
»Laßt die Liebe zu Weihnachten niemals
vergehn!«

Der kleinste ungebetene Gast

Man könnte tausendundein Menschenjahr – in der Himmlischen Stadt ist das nicht mehr als ein träger Sommernachmittag – auf dem großen Platz der Ewigkeit sitzen und wundersamen Geschichten zuhören, die erfreuen und bezaubern und die sagenhaften Geschichten der Scheherazade schnell als das entlarven, was sie im Grunde sind: nämlich früher arabischer Kitsch.

Obwohl er im alten ursprünglichen Teil der Stadt liegt, halten viele den Platz der Ewigkeit für den schönsten Fleck im ganzen Paradies. Gut die Hälfte des wunderbaren Platzes wird von den schweren Toren beherrscht, die vom Eigentümer der Himmlischen Stadt noch vor Anbeginn der Zeit eigenhändig geschmiedet und über die Jahrhunderte hinweg zu Recht in Hymnen, Volksliedern und in der Literatur gepriesen wurden.

Vom übrigen Halbkreis aus erstrecken sich zu so weit entfernten Gegenden wie dem Elysium, dem Seefahrerhimmel und den Ewigen Jagdgründen fächerartig die breiten Boulevards der Schöpfung, der Gerechtigkeit, des Mitleids und der Barmherzigkeit; und natürlich die Straße, über die im ganzen Universum am meisten gesprochen, von der am meisten geträumt wird – die, die mit ihren eigenartigen und unerwarteten

Windungen ganz einzigartig ist: die kurvenreiche Straße der Wunder.

Es gibt eine Geschichte, die auf dem Platz oft erzählt wird und die vom Haus Nr. 10 auf der Straße der Wunder handelt. Das Hauptgebäude ist aus Holz, was für die Himmlische Stadt ungewöhnlich ist, und verschwindet fast hinter einer Reihe riesiger Anbauten, die so aussehen, als habe man sie von Zeit zu Zeit in höchst exzentrischer und unorthodoxer Weise angefügt. Die Konstruktion ist grob und stammt offenkundig nicht von einem Fachmann. Es ist ein heruntergekommenes, buckliges, ungestrichenes Haus, das im Schatten der majestätischen Halle der Engelsregistratur und des beeindruckenden Hohen Gerichts der Erzväter steht und sich deshalb eigentlich schämen sollte. Aber das Gegenteil ist der Fall: in jedem Quietschen seines alten Gebälks ist ein Ton von Stolz zu spüren; in jedem Rumpeln seiner alten Dielen hört man freundliches Lachen – denn das Haus Nr. 10 weiß, daß es das geliebteste Haus im ganzen Paradies ist.

Nr. 10 hätte es vermutlich nie gegeben, wenn da nicht ein Cherub namens Michael gewesen wäre. Er war ein Dreikäsehoch von acht Jahren und stapfte eines Tages, so beherzt er konnte, mit seinen kleinen Beinen die Goldene Treppe hinauf, um sich an den großen Toren zur Aufnahme einzufinden – wobei er allerdings ab und zu anhielt, um einen bekümmerten, tränenfeuchten Blick über seine Schulter zurückzuwerfen.

Dieser Michael hatte nicht die geringste Ähnlichkeit mit all den wohlerzogenen Grübchen-Putten, die den alten Meistern so leicht vom Pinsel geflogen waren. Es war schon eher so, daß auf den Kinderparties in seiner Gegend, wo immer das auch gewesen sein mag, viele besorgte Gastgeberinnen ein wachsames Auge auf ihn warfen, wenn er krachend auf ein Familienerbstück knallte, und bei sich dachten, daß aus ihm wohl mal ein Kobold werde.

Sein karottenfarbenes Haar war so rauh wie ein Salzstein auf einer Weide; hätte man die Sommersprossen auf seinem stupsnasigen Gesicht zählen wollen, hätte man das genausogut mit den Sternen der Milchstraße versuchen können; seine nervösen Finger verrieten , daß er ein erstklassiger Zerleger war, der schnell und ein für allemal alles vom Gewehr bis hin zur Mausefalle auseinandernehmen konnte; jeder Zeh war ein Magnet, der das kleinste Staub- oder Sandkörnchen und jedes Tröpfchen Schmutz anzog, um es auf der erstbesten sauberen Oberfläche zu hinterlassen.

Der gute Torwächter schrieb, ein freundliches Auge auf das Buch der Neuzugänge und ein mißtrauisches Auge auf Michael gerichtet, den Namen auf – und registrierte, wie der Cherub sich mit diesem besonderen steifbeinigen Gang ins Paradies aufmachte, den kleine Jungen an sich haben, wenn sie sich auf neues und womöglich feindliches Terrain vorwagen. Im nächsten Augenblick stieß der Wächter einen entsetzten Schrei aus. Irgendwie hatte es der Ankömmling aller Wachsamkeit zum

Trotz geschafft, seine Initialen in eines der großen Tore zu kratzen.

Da Michael zu der Zeit keine Familienangehörigen in der Himmlischen Stadt hatte, wurde er zum Engels-Hilfswerk gebracht, das sich damals und auch heute noch auf dem Boulevard des Mitleids am Platz des Dritten Millenniums befand. Jeder Cherub, den man dorthin in Pflege gab, konnte sich glücklich schätzen, denn es wurde von einem großen Corps älterer Großmütter geleitet, an die man sich irgendwo auf der Erde wegen der allzu großen Nachsicht erinnerte, die sie ihren eigenen Enkeln entgegengebracht hatten. Zudem hatte die Cherub-Herberge von Anbeginn an unter der direkten Aufsicht dessen gestanden, der Kinder liebte und verstand – unter der des einzigen Sohnes des Eigentümers der Himmlischen Stadt.

Michael mochte sein neues Zuhause. Er liebte die Großmütter, und er ertrug die anderen Cherubine. Man könnte ohne Übertreibung sagen, daß er sich äußerst brav und engelhaft verhielt – wenn wir einmal von dem kleinen Aufruhr absehen, den es gab, als man versuchte, ihn in ein Cherubgewand zu stecken, das keine Taschen hatte, und von dem er erklärte, daß es weibisch sei. Es dauerte nur vier Tage, bis die Großmütter ihn wieder eingefangen hatten – und als sie Michael zeigten, daß das Gewand jetzt zwei große Taschen besaß, die man hinten aufgenäht hatte, nahm er das zwar grimmig, aber durchaus engelhaft zur Kenntnis.

Und die wochenlange Fehde, die er mit dem alten Japheth von der Gilde der Heiligenschein-schmiede hatte, ist kaum der Erwähnung wert, denn er ruinierte schließlich nur weniger als ein Dutzend Heiligenscheine. Japheth und Michael wurden so enge Freunde, wie man es als Feinde nur werden kann, sobald der halsstarrige Japheth widerwillig zugab, daß ein Heiligenschein besser zu einem Jungen paßte, wenn er über dem rechten Ohr getragen etwas nach vorne rutschte und ein Auge verdeckte.

Als Michael in der ersten Zeit durch die Himmlische Stadt streifte – seine Flügelspitzen streitlustig in den Hintertaschen seines Gewandes, seinen zerbeulten und schlaffen Heiligenschein windschief und mit einem hastigen Gebet über den Kopf gestülpt, mit einem schrillen, unmelodischen Pfeifen, das den Weg genauso effektiv leerfegte wie Josuas Posaunen es in Jericho getan hatten –, gab er Anlaß zu viel Kopfschütteln bei den ältesten Erzengeln. Sie sahen ihm zu, wie er den Boulevard der Schöpfung hinunter ein Rad nach dem anderen schlug, um eine Gruppe kleiner Mädchen-Cherubine zu beeindrucken. Sie beobachteten ihn, wie er das Geländer beim Altertums-Museum hinunterrutschte und »Juhu!« statt »Halleluja!« schrie, was angebrachter gewesen wäre. Sie sahen, wie er seine Flügel als Handtuch, Wischlappen, Taschentuch, Federwischer benutzte, oder seinen Heiligenschein damit polierte – und sie rauschten betrübt mit den Bärten und flüsterten sich zu, daß nicht abzusehen sei, was aus der jungen Generation von Cherubinen einmal werden solle!

Allmählich jedoch, da seine Ankunft die Ewigkeit um keine einzige Stunde verkürzt zu haben schien, wurde Michael von allen in der Himmlischen Stadt als echter, wenn auch etwas unkonventioneller Cherub akzeptiert.

Michael war der geborene Entdecker, und obwohl die Stadt größeren Raum einnahm als die Zeit selbst, kannte er die Straßen, Boulevards, Bezirke und Distrikte bald besser als die ältesten Einwohner und fast so gut, wie der Eigentümer selbst. Er konnte die Namen all der langvermißten Schiffe aufsagen, die mit ihren Besatzungen im Seefahrerhimmel einen sicheren Hafen gefunden hatten; er kannte Tag und Stunde, an denen Tausende von Lagerfeuern in den Ewigen Jagdgründen entzündet wurden und die Wolken duftenden Rauchs aufstiegen, die der Erde ihren Altweibersommer bringen würden; er konnte mit verbundenen Augen jeden Weg in den Elysischen Gefilden ablaufen.

Seinen Lieblingsplatz entdeckte Michael allerdings rein zufällig. Tatsächlich wußten nur ganz wenige, daß es ihn überhaupt gab, da er sich in einem schmalen und vergessenen Sträßchen befand, das im ältesten Teil der Stadt an der Großen Mauer entlangführte. Es hieß Eden Weg, und nur ein Cherub-Junge wie Michael konnte von dem viereckigen höhlenartigen Gebäude fasziniert sein, das am Ende der Straße stand und den einfachen praktischen Namen »Die Ställe« trug.

Es war schon lange her – oh, schon viele lange Jahre –, daß die Ställe mit Lärm und Aufregung erfüllt waren. Es war zu der Zeit, als die Erde noch sehr jung war und ihre ersten Siedler sich noch sehr unsicher gebärdeten, da sie noch nie zuvor einen Planeten verwaltet hatten. Zu jeder Tages- und Nachtzeit rasten damals riesige zweirädrige Streitwagen aus den Ställen, ihre gewaltigen Räder donnerten, und die Hufe ihrer furchterregenden Rösser schlugen Blitze; sie trugen das Wort des Eigentümers der Himmlischen Stadt zu den Erdlingen hinunter.

Inzwischen war die Erde alt, die riesigen Streitwagen standen müßig herum, und die furchterregenden Rösser wurden fett und faul. Brawny Shard und seine kühne Mannschaft von Wagenlenkern dösten in der Wärme des ewigen Tages. Ab und zu rappelten sie sich auf und knallten mit ihren Peitschen gegen die Steine, wie sie es früher gegen die Sterne getan hatten, und sie wünschten sich ein Paar neue aufnahmefähige Ohren, die so bodenlos tief wären wie die Schüssel des Großen Bären und ihre Geschichten über die guten alten Tage aufnehmen könnten. Michael wurde ihr Liebling und ihr cherubinischer Augapfel, als sie entdeckten, daß er Ohren hatte, die so unermeßlich waren wie der Raum und alles aufsaugten wie ein Schwamm.

Während er auf der breiten Kruppe eines der furchteinflößenden Rösser lag und Shard einen der Hufe polierte, sagte er: »Shard, komm, erzähl mir noch mal, wie du Lot die Warnung überbracht hast, kurz bevor der Eigentümer die bösen Städte Sodom und Gomorrha zerstörte!« Und zu dem wilden Crag, der es Michael erlaubte, in einem der dröhnenden Streitwagen mitzufahren, wenn er außerhalb der Großen Tore eines seiner Gespanne bewegte, sagte er: »Crag, erzähl doch noch mal, wie du den Eigentümer zum Berg Sinai hinuntergefahren hast, um Moses seine Gebote zu überbringen!« Und zu dem jovialen Shale, dem Michael half, die komplizierten Geschirre zu reinigen und zu polieren, sagte er: »Ach bitte, Shale, es ist meine Lieblingsgeschichte! Erzähl mir von der Nacht, als du den Engel nach Judäa hinuntergefahren hast, der den Hirten verkünden sollte, daß der Sohn des Eigentümers in Bethlehem geboren worden war!«

Eines Abends, als sie vor den Ställen saßen und der süße Duft der nachts blühenden Zirruswolken, die sich wie Efeu an der Großen Mauer schlängelten, in der Luft hing, stieß Michael einen kleinen Cherub-Seufzer aus und fragte: »Shard? Shard, was ist dein Lieblingstier?«

»Lieblingstier? In welcher Größe?« erwiderte der praktisch denkende Shard.

»Na ja, ungefähr so groß wie ein Hund. Mit einem Hundeschwanz. Und Hundeohren.«

»Nun, wenn es so sehr wie ein Hund aussieht, ist es vermutlich ein Hund, und dann würde ich sagen, daß ein Hund mein Lieblingstier ist«, antwortete Shard.

»Ich hätte«, sagte Michael ein wenig später, »ich hätte so gern einen Hund.«

»Ist hier nicht erlaubt«, verkündete Crag.

»Wer sagt das?« wollte Shale wissen.

»Es gab noch nie einen«, sagte Crag. »Das weißt du doch.«

»Das heißt gar nichts!« rief Shale. »Shard soll entscheiden – wir sind alle von Anfang an dabei gewesen –, hat der Eigentümer jemals ein Wort darüber verloren, daß Hunde hier verboten sind?«

»Nein«, sagte Shard, nachdem er nachgedacht hatte, »nicht, soweit ich mich erinnere.«

»Na also!« bellte Shale. »Der Junge möchte einen Hund. Warum besorgen wir ihm nicht einen, wenn wir das nächste Mal ein Gespann Pferde bewegen?«

»Hat doch keiner was dagegen!« meinte Crag.

»Morgen bin ich dran«, knurrte Shard.

»Nein, ich!« wandte Shale ein.

»Wir gehen alle zusammen!« entschied Crag. »Jeder Schwachkopf kann ein Gewand für einen Jungen aussuchen, da es nur zu seinem Äußeren passen muß. Aber ein Hund muß innen und außen passen, und das erfordert Gedankenreife und ein ausgewogenes Urteilsvermögen.«

Der Hund, den sie aussuchten, wäre von jedem Durchschnittsmenschen und jedem Durchschnittsengel verschmäht worden. Er hatte einen Knick im Schwanz, aber – wie Shard betonte – wedelte er so freundlich und hektisch damit, daß der Schönheitsfehler überhaupt nicht auffiel. Ein Ohr stand nach oben, das andere hing herunter, aber – wie Shale überzeugend erklärte – war das im Grunde ein großer Segen, denn das Tier hatte dadurch das Glück, nicht nur mono- sondern stereophon zu hören. Sein Fell hatte den matten Kupferton eines kranken Goldfischs – aber Crag verkündete, daß es eine hübsche, entgegenkommende, neutrale Schattierung sei, im Hinblick auf die Himmlische Stadt genau richtig, da sie keine Rasse, keine Weltanschauung und keine Hautfarbe je beleidigen könne. Was Michael betraf, war er mit seinem Hund reicher, als es Krösus mit all seinem Gold je gewesen war, und obwohl er, was das Abendgebet anging, ab und zu nachlässig gewesen war, dankte er nun dem Eigentümer jeden Abend ausführlich dafür, daß ihm etwas so Wundervolles wie ein Hund eingefallen war, daß er etwas so Wundervolles erschaffen hatte!

Nach langen Überlegungen und Diskussionen wurde der verwöhnte Neuling auf den Namen Exodus getauft, da er, wie das Volk Israel, von einem Platz zum anderen gereist war. Wieder waren die Ställe mit Lärm und Aufregung erfüllt – und die, die am Eingang zum Eden Weg vorbeikamen, blieben oft stehen, um dem dröhnenden Gelächter kräftiger Stimmen und dem fröhlichen Lachen eines Kindes zuzuhören oder ihre verdutzten Köpfe mit nachdenklichen Flügelspitzen zu kratzen, wenn sie ein anderes Geräusch hörten, das man in der Himmlischen Stadt noch nie zuvor gehört hatte – das schrille, sich überschlagende, hohe und tiefe Bellen von Exodus.

Wie die Planeten sich um eine gelbe Sonne drehten, so drehten sich Michaels Tage um einen gelben Hund. Am Morgen tollte er mit ihm durch die Ställe und den Eden Weg hinauf und hinunter. Nachmittags, wenn er Exodus sicher unter seinem

Gewand versteckt hatte, unternahmen sie Ausflüge zu so entlegenen Orten wie Walhalla, wo Regenbögen wasserfallartig von hoch aufragenden Klippen stürzten, um auf den Felsen unten zu zerbersten und das, was von ihnen übrigblieb, zur Erde hinabströmen zu lassen – oder zu dem unfaßbar schönen Neuen Jerusalem, zu dem jeder Bewohner der Himmlischen Stadt einen Baum, eine Blume, einen Bach oder einen kurvenreichen Weg aus seinen liebsten Kindheitserinnerungen beigesteuert hatte. An den Abenden kuschelte er sich mit Exodus ins Stroh der Ställe, spürte, wie das Herz des Hundes stark gegen das seine klopfte – und das Lied Shards und der anderen Wagenlenker drang süß an sein Ohr :

»Rollt, ihr Räder!
Knallt, ihr Peitschen!
Rennt, ihr Rösser, so schnell ihr könnt!
Hü nach links
Hott nach rechts
Wir bringen das Wort nach Israel!«

Diese schönen Tage hätten ewig so weitergehen können, wenn es da nicht den Chor gegeben hätte. Jeder nahm daran teil, sang einen kleinen oder großen Part, und Michael, als Mitglied des Cherub-Chors, mußte zur Probe erscheinen.

Bei der ersten Probe war er fast pünktlich, nur ein Fitzelchen zu spät dran, nicht mehr als der Hauch von Beschlag auf seinem Heiligenschein. Und eigentlich auch nur, weil es so lange gedauert hatte, sich von Exodus zu verabschieden, den Wagenlenkern einzuschärfen, ihn nicht aus den Ställen zu lassen, und ausführliche Instruktionen zu geben, was in einem Notfall – wenn er zum Beispiel aufgeregter bellen oder sich den Schwanz verstauchen sollte – zu tun wäre. Die Probe des Cherub-Chors verlief an diesem Tag nicht sehr zufriedenstellend. Welches Lied sie auch sangen, Michaels Stimme war eindeutig nicht daran interessiert, den richtigen Ton zu treffen, und Michaels Kopf war eindeutig mit etwas anderem beschäftigt – nämlich mit seinem Hund.

Das jubelnde Wiedersehen an diesem Abend könnte man nur mit dem von Damon und Phintias vergleichen, wenn die ein halbes Leben lang durch Krieg, Hungersnot und Pestilenz getrennt gewesen wären. Shard, Shale und Crag, die sich als einwandfreie Hundewächter erwiesen hatten, stolzierten bescheiden unter Michaels Lob umher, und Exodus leckte mit seiner rosigen Zunge jede Sommersprosse einzeln, um auch noch die letzte Spur fremden Geruchs zu tilgen, die sie im Lauf des Tages angenommen hatte, bis Michael wieder nach den Ställen roch.

Am nächsten Morgen stürmte Michael, beruhigt, weil alles am vorhergehenden Tag so gut gegangen war, aus dem Engels-Hilfswerk, flitzte den Eden Weg hinunter, um sich von Exodus zu verabschieden, raste dann zur Singprobe – und war sogar einen Sekundenbruchteil zu früh dran. Von allen Cherub-Gesichtern war seines das strahlendste. Von allen Cherub-Stimmen war seine die lauteste. Und von allen Cherubinen roch er am meisten nach Hund.

Wer oder was für das erste Glied in einer Kette unglücklicher Zufälle verantwortlich war, die später die Katastrophe auslösten, konnte im Nachhinein nicht mehr eindeutig festgestellt werden. Shale machte ein defektes Schloß dafür verantwortlich. Crag machte eine defekte Drahtöse dafür verantwortlich, und Shard machte die beiden dafür verantwortlich, die seiner Meinung nach nicht richtig im Kopf waren. Was oder wer nun auch immer schuld daran war, jedenfalls stand die Tür der Ställe ein paar Zentimeter weit offen, und Exodus zwängte sich nach draußen.

Michaels Fußspuren den Eden Weg hinauf zu verfolgen war für Exodus' junge, unverbrauchte Nase ein Leichtes, als er aber auf dem Platz der Ewigkeit ankam, über die täglich Tausende und aber Tausende gingen, verlor er die Spur. Hoffnungsvoll untersuchte er die Stufen, die zur Bibliothek der Erzengel hinaufführten; angstvoll schnüffelte er am Treppenabsatz vorm Hohen Gericht der Erzväter; verzweifelt prüfte er jeden Zentimeter des Bordsteins vor dem Sitzungshaus der Schutzengel; seine Angst wurde zu Grauen und sein Grauen zu Entsetzen, als er jeden Millimeter des Eingangs zum Museum des Altertums absuchte und keine Spur von Michael fand.

In diesem Augenblick bemerkte ihn ein Passant und beugte sich hinunter, um ihn zu streicheln, und Exodus, dessen Beine zitterten, und der sich plötzlich an unfreundliche Hände von früher erinnerte, wich zurück und gab ein schrilles Angstbellen von sich! Dieser Ton, den man noch nie zuvor auf dem Platz der Ewigkeit gehört hatte, bewirkte, daß alle die Köpfe wandten – und dann, da die Menschen, die in der Himmlischen Stadt wohnten, auch nicht anders waren als die Menschen in jeder Stadt, eilte jeder über den Platz und wollte sehen, was da vor sich ging.

Exodus, der sich plötzlich inmitten einer Ansammlung fremder Menschen befand, duckte sich auf den Boden und winselte. Dann knurrte er aus reiner Verzweiflung so bösartig, wie es nur ein Mischling kann, warf sich gegen den Wald von Beinen, schlüpfte durch ihn hindurch in Richtung Freiheit und fuhr wie ein Blitz den Boulevard der Schöpfung hinunter! Es war eine blinde, unüberlegte Flucht. Die Stimmen, die hinter ihm und entlang seines Weges nach ihm riefen, machten ihm nur noch mehr Angst, und er rannte schneller und schneller, bis er zu einem gelben Kometen mit einem gelben Schwanz wurde, der durch die Himmlische Stadt flog.

Die Heiligenschein-Schmiede sah hinterher wie ein Schlachtfeld aus: die Arbeiter stoben auseinander wie Spreu, als er die hoch aufgestapelten goldenen Ringe zum Einstürzen brachte, so daß sie hüpfend in die Unendlichkeit rollten. Noch jahrhundertelang sollten sie den Erdlingen Rätsel aufgeben, und sie erzählten mit angehaltenem Atem ehrfürchtig Geschichten von fliegenden Untertassen.

Er hinterließ ein Chaos in den Basaren der Gewandschneider-Straße. Kurz bevor er dort ankam, war ein Gerücht so schnell und so zielsicher wie ein Kolibri die Straße entlang geschwirrt: ein Höllenhund, der Feuer und Schwefel spucke, treibe sein Unwesen – und das in der Himmlischen Stadt!

Sobald dieser satanische Bote auftauchte, fiel jede Näherin in Ohnmacht oder hatte hysterische Anfälle, und das feine Regenbogengewebe strömte in all seinen Schattierungen Meter für Meter hinaus ins All! Noch tausend Jahre danach, als es von den vier Winden zu Tapisserien verwoben worden war, fragten die Erdlinge ihre Wissenschaftler, was es damals mit den unirdisch schönen Sonnenuntergängen auf sich gehabt hätte.

Exodus wurde in der Straße der Flügelmacher von einer Kompanie Racheengel, den gefürchtetsten und unversöhnlichsten Kriegern aller Zeiten, eingekesselt und gestellt. Sie konnten eine Stadt von einem Augenblick zum andern in Schutt und Asche legen; sie konnten Schwärme von Heuschrecken oder anderer Insekten aussenden, die ein ganzes Volk im Laufe einer Woche an den Rand des Hungertods brachten; sie konnten einen ganzen Kontinent im Laufe eines Monats durch die Pest entvölkern; und in nur vierzig Tagen und Nächten brachten sie es fertig, einen ganzen Planeten so unter Wasser zu setzen, daß alles ertrank.

Eigenartigerweise waren diese gefürchteten Rachegeister Exodus gegenüber sehr nett. Der wilde Sergeant überraschte die Umstehenden damit, daß er in Babysprache mit dem Hund redete – und der gnadenlose Captain ging mit Exodus, den er liebevoll im Arm hielt, hinüber zum Hohen Gericht der Erzväter, ohne nach links oder rechts zu schauen.

Die Erzväter entschieden einstimmig, daß Exodus in der ersten Stunde des nächsten Tages aus der Himmlischen Stadt verbannt werden sollte. Das war die Stunde, in der Standort und Umlaufbahn eines jeden Planeten, eines jeden Sterns, einer jeden Sonne und eines jeden Meteors mit dem ursprünglichen Schöpfungsplan des Eigentümers verglichen und entsprechend in Übereinstimmung gebracht wurde. Bis dahin sollte er im alten Torwärterhaus untergebracht werden, ein unbewohntes Überbleibsel aus den frühen Tagen, als es noch wenige Neuzugänge gab.

Die Erzväter wandten sich in gutem Glauben, daß die Sache mit dem gelben Hund erledigt sei, wichtigeren Aufgaben zu. Da sie aber nur Propheten und nicht der Eigentümer selbst waren, waren sie nicht allwissend. Am nächsten Morgen, zur Stunde der Übereinstimmung, standen die Planeten, Sonnen, Sterne und Kometen zwar alle am richtigen Platz, aber in dem alten Torwärterhaus gab es keinen Exodus, und im Engels-Hilfswerk wurde ein rothaariger Cherub vermißt.

Jede Straße und jeder Boulevard der Himmlischen Stadt wurde durchsucht. Jeder Außenbezirk wurde gründlich durchgekämmt, jedes nur denkbare Versteck – auch wenn es so klein war wie ein Nadelöhr – wurde inspiziert, aber kein einziges gelbes oder rotes Haar wurde gefunden. Die alten Großmütter vom Engels-Hilfswerk, denen noch nie zuvor ein Cherub abhanden gekommen war, zitterten am ganzen Körper, als sie ihren herzzerreißenden unzusammenhängenden Bericht vor dem Einzigen Sohn des Eigentümers der Himmlischen Stadt abgaben.

Der Sohn hörte zu, lächelte und nickte mit dem Kopf. Dann suchte Er, der sich schon immer mit Kindern ausgekannt hatte, nicht wie die anderen in der Himmlischen Stadt nach Michael und dem gelben Hund. Als Er das Engels-Hilfswerk verließ, wandte Er sich um, ging über den Platz der Ewigkeit, passierte die Großen Tore und stieg langsam die Stufen hinab. Auf der untersten Stufe, kaum sichtbar in den kalten Nebeln und der leeren Dunkelheit des unendlichen Raums, sah Er einen roten und einen gelben Fleck, die man kaum auseinanderhalten konnte.

Der Sohn des Eigentümers setzte sich zu ihnen auf die Stufe und sagte: »Hast du was dagegen, wenn ich deinen Hund streichle? Ich bewundere ihn schon die ganze Zeit – und ich sage dir, ich glaube, ich habe auf all meinen Reisen noch nie einen hübscheren Hund gesehen.«

»Sie mögen ihn nicht – und sie finden ihn auch überhaupt nicht hübsch!« Die Worte des Cherubs waren so leise und tränenerstickt, daß keiner außer dem Einzigen Sohn des Eigentümers sie hätte hören oder verstehen können. »Sie werden ihn wegschicken!«

»Oh, das ist ein großer Fehler«, sagte der Sohn.

»Wenn er gehen muß, bleibe ich auch nicht mehr!« weinte Michael.

»Das verstehe ich gut – ich sehe ja, daß ihr die besten Freunde seid.« Der Sohn streichelte sanft das rauhe gelbe Fell. »Ich hatte einmal einen, der ganz ähnlich war. Oh, natürlich kein so toller Hund wie dieser hier – aber für mich war er schön. Wir trafen uns ganz zufällig. Er war weggelaufen und hatte in demselben Stall Unterschlupf gesucht, in dem ich geboren wurde – und als wir von dort weg und nach Ägypten gingen, lief er unserem kleinen Esel hinterher.«

»Wie hieß er?«

»Ich nannte ihn Kaleb. Also wirklich, es war ein sehr gescheiter Hund. Und in Nazareth folgte er mir, als ich ein Junge war, überallhin und lag nachts vor meinem Bett.« Der Sohn lächelte, als er sich an das erinnerte, was nun schon so lange Zeit zurücklag. »Aber jetzt mußt du mir erzählen, wie du deinen Freund gefunden hast.«

Der Sohn hörte sich Michaels Geschichte an und nickte von Zeit zu Zeit ernst mit dem Kopf. Als sie zu Ende war, stand Er auf und streckte Seine Hand aus.

»Komm, Michael«, sagte Er. »Gehen wir in die Stadt zurück.«

»Aber wenn ich zurückgehe, nehmen sie mir Exodus weg!« rief der Cherub.

»O nein«, sagte der Sohn. »Hat der Eigentümer nicht Sein Wort gegeben, daß alle Menschen in Seiner Himmlischen Stadt das finden, was sie lieben und schätzen? Wie blind waren wir, daß wir nicht gesehen haben, wieviel Liebe die Menschen den kleinen Geschöpfen schenken, die während ihrer

Erdentage mit ihnen zusammenleben. Ach, was für ein leerer, einsamer Platz muß unsere Himmlische Stadt für die sein, denen die gewohnte und unvergeßliche Stimme eines bepelzten oder gefiederten Freundes süßer und harmonischer im Ohr klingt als all unsere Engelschöre. Komm!« Er zog den Cherub hoch. »Komm, Michael, wir müssen etwas unternehmen, du und ich!«

Den Cherub in den Armen und einen kleinen gelben Hund eng auf den Fersen, stieg der Sohn des Eigentümers die breiten ausgetretenen Stufen hinauf und trat durch die Großen Tore.

In den hektischen Tagen, die folgten, donnerten die riesigen Streitwagen wie früher zu jeder Tag- und Nachtzeit den Eden Weg hinauf und hinunter – die gewaltigen Räder rollten wie Donner und die fliegenden Hufe der furchteinflößenden Rösser schlugen Blitze, als sie den Auftrag des Eigentümers und Seines Einzigen Sohnes ausführten! Die erschreckten Erdlinge rannten in ihre Häuser und bedeckten ihre Häupter, als ihr Himmel in feurige Streifen zerschlagen und in unheilverheißende Wolken schwarzen Staubs zertrampelt wurde, und sie zitterten, als die Erde zu ihren Füßen unter der gewaltigen Arbeit der gesamten Himmlischen Heerscharen bebte, wackelte und stöhnte!

Als die Arbeit getan war, als das letzte große Stück Bauholz und der kleinste Dübel gefunden und zur Himmlischen Stadt transportiert worden war, erhob sich in der Straße der Wunder, im Schatten der majestätischen Halle der Engelsregistratur und des imposanten Hohen Gerichts der Erzväter das heruntergekommene, bucklige Gebäude, das noch heute mit all seinen Anbauten dort steht.

Die alten Mauern strömen den Geruch und die Wärme vieler Tiere aus, denn hier leben beschützt und sicher all die kleinen Geschöpfe, die jemals ein Mensch geliebt und verloren hat. Keiner ihrer Besitzer braucht sich je Gedanken zu machen, daß sie nicht versorgt werden oder es ihnen nicht gutgeht, denn dieser wunderbare Ort wird von einem Mann und einer Frau geleitet, die vom Eigentümer aus ihrem Ruhestand im Elysium hergebeten wurden, und freudig eine Aufgabe übernahmen, die sie bereits sehr gut kannten.

Wann immer sich die Tür von Nr. 10 öffnet und ein neuer Besucher draußen steht, erhebt sich sofort ein aufgeregter Chor aus Hundegebell, Katzenmiauen, Vogelgezwitscher, Gequieke und Geschnattere. Plötzlich steigt von irgendwoher – vielleicht aus der am weitesten entfernten Ecke – ein scharfer, ekstatischer, fast hysterischer Schrei auf, der sich hoch über die anderen erhebt. Ohr und Herz wissen dann, daß der lang Verlorene nicht länger verloren ist.

Nr. 10 ist sehr leicht zu finden. Auf dem Platz der Ewigkeit findet man einen rothaarigen Cherub und einen gelben Hund. Wenn der Neuling dem Gewand mit den Hintertaschen und dem wedelnden Schwanz mit dem Knick folgt, erreicht er in Nullkommanichts die berühmte Arche von Captain und Mrs. Noah, Straße der Wunder Nr. 10.

Das kleinste rote Pferd

Abgesehen von seiner Farbe gibt es keinen äußerlich erkennbaren Unterschied zwischen dem kleinsten roten Pferd und seinen Brüdern und Schwestern in Gelb, Rosa, Grün und Lavendel. Seine Augen strahlen nicht heller; seine Mähne ist nicht dichter. Es ist nur eines unter den vierundzwanzig leichtfüßigen hübschen Rössern, die das Karussell von Estaban Gomez zieren.

Trotzdem, früher oder später zieht das kleinste rote Pferd die Aufmerksamkeit eines jeden Volksfestbesuchers auf sich, denn es scheint aus einem Viertel Magie, einem Viertel erfüllter Träume, einem Viertel Glück und einem Viertel Geheimnis gemacht zu sein. Kein Kind, das auf seinem Rücken sitzt, verfehlt je den Glücksring aus Messing, der ihm eine freie Runde spendiert. Jedes kleine Mädchen, egal wie unscheinbar, das sich dafür entscheidet, es zu besteigen, scheint plötzlich und eigenartigerweise zu einer Schönheit zu werden. Jeder Junge, der sich mit gespreizten Beinen auf es setzt, scheint sich von einem sommersprossigen, zahnlückigen, zappelnden und lärmenden Reiter in einen perfekten kleinen Gentleman zu verwandeln, allerdings nur, solange die Fahrt dauert. Zuckerwatte und Eis sind unter der Zunge einer Person, die auf dem Rücken des kleinsten roten Pferds saß, noch nie weggeschmolzen.

Nun, eines frühen Sonntagmorgens, als die Nacht noch Nacht, und der Morgen noch Morgen war, die beiden sich aber noch nicht getroffen hatten, rutschte der Laster von Estaban Gomez, der das auseinandergenommene Karussell zur nächsten Stadt bringen sollte, vom Randstreifen der asphaltierten Straße ab und geriet gefährlich ins Schleudern.

Glücklicherweise kamen weder Estaban noch der Laster ernstlich zu Schaden; Estaban gelangte schnell wieder auf die Straße und fuhr weiter. Als er so fuhr, sprach er ein Dankgebet dafür, daß sein Leben und seine Habe gerettet worden waren. Es war gut zu wissen, daß die Heiligen nicht an die Vierzig-Stunden-Woche gebunden waren. Jede Minute bei Tag oder bei Nacht waren sie für die Sicherheit aller Reisenden zuständig, ob sie sich nun horizontal, vertikal oder im Kreis bewegten, wie das bei einem Karussell der Fall war.

Als aber Estaban sein Karussell auf dem Volksfestplatz wieder aufbaute, entdeckte er zu seinem Schreck, daß er nur noch dreiundzwanzig Pferde anstatt des galoppierenden zwei Dutzends hatte, das er eigentlich haben sollte. Es war das rosafarbene ... nein, nein, es war das gelbe ... nein, es war das kleinste rote Pferd, das fehlte!

Estaban fuhr zum Unfallsort zurück. Er suchte und suchte – aber er konnte das kleinste rote Pferd nicht finden. Er entdeckte ein paar Hufabdrücke, die zu einem Bewässerungsgraben führten; aber da endeten sie, gerade als ob ihr Besitzer einen erstaunlichen und endgültigen Sprung gemacht hätte, um dann für immer zu verschwinden.

Das war ein schwarzer Augenblick für Estaban. Er hatte einen schlimmen Verlust erlitten. Das kleinste rote Pferd war sein Liebling gewesen, obwohl er das selbst in Billionen von Jahren nicht zugegeben hätte. Und so fuhr Estaban vorsichtig wieder zurück, denn sein Lenkrad war glitschig von den Tränen, die er weinte; er glaubte steif und fest, daß sich das kleinste rote Pferd in Luft aufgelöst hatte.

Diese Annahme war allerdings ein Trugschluß.

Denn genau in diesem Augenblick lag das kleinste rote Pferdchen seelenruhig schlafend unter einem Krankenhausbett. Kurz zuvor, als es wieder zu Bewußtsein gekommen war und gesehen hatte, wie Estaban wegfuhr, war es froh gewesen, daß sein Meister keinen Schaden erlitten hatte. Trotzdem dachte es, daß es nicht dumm wäre, sich untersuchen zu lassen, und obwohl äußerlich alles in Ordnung zu sein schien, hätte es ja sein können, daß in seinem Inneren etwas kaputt gegangen war. Nachdem es also Koyoten gejagt, beim Kikkern gewonnen, einem Sattlergeschäft einen Tritt gegeben, dann eingetreten und alle silberverzierten Sättel anprobiert hatte, seine Lackierung in einer geschlossenen Tankstelle aufpoliert hatte, die Vor- und Nachteile von Karussells mit einem gestreßten Steckenpferd diskutiert und »Kannibalismus!« über die gesamte Schaufensterfront eines Geschäfts geschrieben hatte, das Pferdefleisch anpries, betrat es das Krankenhaus und rollte sich unter das nächste Bett.

Während es dort seine wohlverdiente Ruhe genoß, zuckten seine Hufe leicht, wenn es daran dachte, daß es fast getötet worden wäre, als es aus dem Laster geschleudert worden war.

Es wurde von zwei gedämpften Stimmen halb aus dem Schlaf geholt, die einander Worte wie Tonsillektomie, Appendektomie und Acetonurie zuwarfen, als handle es sich um leichte Ping-Pong-Bälle. Das kleinste rote Pferd hob seinen Kopf, als es zu hören meinte, wie die ernstere Stimme »Lycoming« sagte; denn es erinnerte sich, daß es einmal auf dem Weg zu einer Landesmesse durch diese Stadt gekommen war. Als es aber hörte, daß der Ort, über den die beiden sprachen, »Leukämie« war, und daß sie ihn für »hoffnungslos« hielten, verlor es sofort jedes Interesse. Es hatte nicht vor, an einen Ort zu gehen, der »hoffnungslos« war, Karussellpferde gingen einfach nicht an solche Orte.

Das kleinste rote Pferd wurde hellwach, als die sanftere Stimme den Namen »Edward« erwähnte. Es hatte viele Edwards gekannt, und es waren immer sehr nette Leute gewesen. Es war sich inzwischen sicher, daß ihm innerlich nichts fehlte, also beschloß es, am Abend, wenn es im Krankenhaus ruhiger werden würde, diesen Edward zu suchen und herauszufinden, ob es ihn kenne, und vielleicht nett über alte Zeiten mit ihm zu plaudern.

Den Rest des Tages und den Abend verschlief es. Dann, als es schon spät war und es im Krankenhaus still wurde, inspizierte das kleinste rote Pferd die Stationen. Es fand mehrere Sams, viele Bills und eine ganze Menge Joes, einige vereinzelte Freds und einen Charley.

Und in einem Einzelzimmer im obersten Stockwerk fand das kleinste rote Pferd den, den es suchte. Zuerst dachte es, daß das Bett leer sei. Als es aber genauer hinsah, entdeckte es, daß ein ganz kleiner Junge unter der Decke lag.

»Hallo«, sagte das kleinste rote Pferd. »Heißt du zufällig Edward?«

»Ja«, antwortete der Junge. »Aber fast alle sagen ›Eddie‹ zu mir.«

»Nun, ich dachte, daß ich dich vielleicht kenne.«

»Du bist das erste rote Pferd, das ich je gesehen habe«, wunderte sich Eddie. »Tut es weh, rot zu sein?«

»Natürlich nicht! Was denkst du, was ich habe – einen Sonnenbrand?« Das kleinste rote Pferd war entrüstet. »Rot ist eine sehr angenehme Farbe. Warm im Winter, wie rote Flanellunterwäsche.«

Es sprang über das Bett und blickte traurig auf Eddie. Was konnte es tun, um ihn glücklich zu machen? Schließlich sagte das kleinste rote Pferd: »An deiner Stelle würde ich keinen Augenblick länger hier bleiben.«

»Aber ich muß.« Die Unterlippe des Jungen zitterte. »Du siehst doch – ich bin krank.«

»Ach, das tut mir leid. Wie heißt deine Krankheit?«

»Weiß ich nicht. Aber es ist etwas, das die Ärzte

dazu bringt, mit dem Kopf zu schütteln, wenn sie mich ansehen – und meine Mutter weint die ganze Zeit.«

»Klingt ernst.« Das kleinste rote Pferd berührte Eddies Stirn mit seiner Schnauze, um zu sehen, ob der Junge Fieber hatte. »Ich bin kein Dr. med., aber aus Selbstschutz habe ich genug Bücher gelesen, um ein Dr. forst. zu sein.«

»Was ist das?«

»Ein Förster. Wenn du willst, kann ich dich auf Termiten und Holzbohrkäfer untersuchen.«

»Ach, vielen Dank, Herr Pferd«, eine Träne rollte auf das Kissen des Jungen, »aber ich bin sicher, daß es sich weder um das eine noch um das andere handelt.«

»Oh.« Das kleinste rote Pferd dachte einen Moment nach. »Sag mal – warst du je im Orient?«

»Nein – ich glaube wenigstens nicht. Ich bin überhaupt nicht viel rumgekommen.« Eddie drehte sein Gesicht zur Wand. »Ich war nur zu Hause und in diesem Krankenhaus. Wo ist der Orient?«

»Dort drüben«. Das kleinste rote Pferd schlug mit seinem Schwanz Richtung Osten. »Ich frage nur, weil ich mir auf einer Reise dort selbst um ein Haar die Trockenfäule eingefangen hätte. Damals gehörte das Karussell einem Herrn Schmidt.«

»Willst du damit sagen ...«, der Junge schaute voller Neid auf das kleinste rote Pferd, »willst du damit sagen, daß du auf einem Karussell arbeitest?«

»Ja, mach ich.«

»Das muß ja wunderbar sein!«

»Ja, doch, es ist eine angenehme Arbeit, sofern man eine Stelle bekommt«, sagte das kleinste rote Pferd lässig. »Natürlich muß man aus dem härtesten Holz geschnitzt sein, damit man unter den Kunden nicht zusammenbricht. Du kannst mir glauben, es ist ziemlich anstrengend – besonders diese Sonderveranstaltungen, bei denen man die gekrönten Häupter Europas auf seinem Rücken trägt.«

»Willst du damit sagen, daß du auch in Europa warst?«

»Ich war schon überall! Ich bin fast so oft um die Welt gefahren, wie es Tage im Monat gibt!«

»Das würde ich auch gern!« Eddies Augen leuchteten vor Aufregung. »Wenn ich nur so was auch mal machen könnte!«

»Aber warum denn nicht?« rief das kleinste rote Pferd. »Komm, wir gehen zusammen weg, und ich zeig dir alle Sehenswürdigkeiten.«

»Ach – ach, ich kann nicht.« Der Junge machte ein langes Gesicht. »Ich könnte nie so weit laufen.«

»Wer hat denn was von laufen gesagt?« fragte das kleinste Pferd in einem halb lachenden, halb wiehernden Ton. »Ich habe Menschen jeder Größe, Figur, Rasse, Nationalität, jeden Alters und Glaubens, jeder Partei, jedes Geschlechts, jeder Berufsrichtung, jeder Einkommensklasse auf meinem Rücken getragen – ich breche schon nicht zusammen, wenn ich dich trage.« Er stellte sich direkt neben das Bett und sagte sanft: »Also los, Eddie – steig auf, und dann hauen wir ab!«

»Gut – na ja, okay – wenn du sicher bist, daß es dir nichts ausmacht, Herr Pferd«, und er kroch unter seiner Decke hervor und stieg auf den Rükken des kleinsten roten Pferds.

»Also, laß sehen – wohin gehen wir als erstes?«

»Ganz egal, überallhin, Herr Pferd!«

»Wie wäre es mit England?« Das kleinste rote Pferd drehte ein paar Runden im Zimmer, damit Eddie sich an seine Gangart gewöhnte. »Wie würde es dir gefallen, den König zu sehen?«

»O ja – ich hab noch nie einen gesehen!« rief der Junge. »Aber bewachen sie ihn nicht in seinem Schloß, so daß keiner reinkommen kann?«

»Natürlich schließen sie ihn da ein!« antwortete das kleinste rote Pferd. »Tore und Türe und Schlösser und Riegel – aber die halten uns nicht auf! Ein guter Schlag mit meinen Hinterbeinen und die Tore springen weit auf! Du wirst schon sehen! Wir machen Schlagzeilen, ehe du dich's versiehst! Fertig?«

»Fertig, Herr Pferd!«

»Also, nichts wie los!« Das kleinste rote Pferd schüttelte seine Mähne, streckte seinen Hals nach vorn und fiel in einen fließenden Galopp. Seine kleinen Hufe bewegten sich in einem exakten Rhythmus, gerade so, als ob seine gespitzten Ohren die bekannte Melodie des Donauwalzers hören würden, der normalerweise von der Karussellorgel ertönte.

Und seine Prophezeiung wurde wahr. Sie machten auf der ganzen Welt Schlagzeilen!

30. Juli. Bericht des Captains der Wache, Buckingham Palace. »Wurde um 2 Uhr morgens dringlich ins Schlafzimmer Seiner Majestät befohlen. Er informierte mich, daß er von jemandem aus tiefem Schlaf gerissen worden sei, der mit Holzschuhen über seinen Bauch lief, und daß er zudem das Lachen eines kleinen Jungen gehört habe.«

»Eine völlig unerklärliche Reihe von Einbrüchen ereignete sich außerdem in allen Teilen Londons in den frühen Morgenstunden dieses Tages. Museen, historische Sehenswürdigkeiten und öffentliche Gebäude öffneten sich anscheinend widerstandslos unter der Einwirkung eines bisher unbekannten Brecheisens, das eine Spur hinterläßt, die große Ähnlichkeit mit zwei Pferdehufen aufweist.«

31. Juli. Bericht von Monsieur Hercule Poirot. »Im Laufe der Nacht drang eine Gruppe von Gaunern in den Louvre ein, indem sie die Tür mit einem Rammbock einschlugen, der am vorderen Ende mit zwei Hufeisen verstärkt war. Es fehlt keiner der Kunstschätze – aber jedes Bild, auf dem kein Pferd abgebildet ist, wurde gegen die Wand gedreht!«

1. August. Aus dem Bericht von Captain Entwhistle, Amerikanische Militärpolizei, Amerikanischer Sektor, Berlin. »Vier Angehörige der sowjetischen Grenzpolizei wurden entdeckt, wie sie sich in einem ausgebombten Gebäude im Amerikanischen Sektor der Stadt versteckten. Sie wurden in Gewahrsam genommen. Sie standen unter Schock und behaupteten, daß sich ihnen, während

sie Wache standen, ein kleiner Junge auf einem roten Pferd genähert habe. Als sie ihnen das Passieren in den Russischen Sektor untersagt hätten, habe sie das Pferd mit solcher Kraft und Wildheit in die Hinterseite getreten, daß es sie nach Westberlin katapultiert habe. Obwohl jeder von ihnen hufeisenförmige blaue Flecken aufweist, vermute ich, daß es sich um einen Trick der Sowjets handelt, die Spione einschleusen wollen und ...«

2. August. Bericht des Fahrdienstleiters der Roten Gondel GmbH, Venedig. »Bis auf weiteres werden alle Gondoliere dieser Gesellschaft die Umleitung 101 benutzen. Es wurde gemeldet, daß eine Seeschlange den Canal Grande hinauf- und hinabgeschwommen sei, die auf ihrem Rücken einen Buckel habe, der einem kleinen Kind ähnle. Wie manche Vögel könne sie die menschliche Stimme nachahmen. Nachdem sie den Gondoliere Romano überrascht und überholt habe, soll sie ihm zugerufen haben: »Besorg dir ein Pferd!«

Es schlug zwölf, als das kleinste rote Pferd Samstag nacht Eddie wieder in sein Krankenhausbett zurückbrachte. »Also, Eddie!«, sagte es und trabte hinüber, um ein Fenster zu öffnen.

»Herr Pferd ...«

»Hmmmm?«

Die Stimme des Jungen war so matt und schwach, daß das kleinste rote Pferd mitten in einem Vorderhufstand aufhörte und zum Bett kam, um zu hören, was er sagte. »Was hast du gesagt, Eddie?«

»Herr Pferd, könnten wir heute nacht einen Ort besuchen, an dem es unglaublich schön und vornehm ist?«

»Warum nicht? Wie vornehm?«

»So vornehm ...« Eddies Augen leuchteten eine Sekunde lang auf, »wie ... nein, nein, da kommen wir nie rein.«

»Aber ja!« schnaubte das kleinste rote Pferd. »Ich kann dich überallhin bringen, wohin du auch willst!«

»Aber nicht dorthin.« Die Worte des Jungen waren so tonlos, daß das kleinste rote Pferd seinen Schwanz hinters Ohr stecken mußte, um sie zu verstehen. »Die Leute sagen, daß es dort so vornehm sei, daß kaum einer reingelassen wird.«

»Wir kommen da rein.« Das kleinste rote Pferd ahmte mit seinem linken Hinterhuf eine Finte und mit seinem rechten einen unvorhergesehenen Schwinger nach. »Wie heißt es?«

»Meine Mutter sagt Himmel dazu.«

Das kleinste rote Pferd sah auf das Bett hinunter und bemerkte zum ersten Mal, daß der Jungenkörper unter der Decke in den letzten Nächten sehr viel kleiner geworden war. »Vielleicht bist du aber zu müde, um heute nacht noch irgendwo hin zu gehen. Vielleicht solltest du lieber hier bleiben und ...«

»Nein, Herr Pferd ...«

»Wir könnten morgen abend gehen.«

»Aber da könnte ich vielleicht nicht ...«

»Dann übermorgen abend ...«

»Es muß heute nacht sein, Herr Pferd! Verstehst

du denn nicht? Wenn man etwas unbedingt tun will, darf man es niemals verschieben – es kommt nämlich immer etwas dazwischen. Entweder ist man zu müde , oder es regnet, es kommt Besuch, man hat das Fahrgeld nicht oder der, mit dem man zusammen gehen will, kann nicht. Wir müssen heute nacht gehen, Herr Pferd, sonst kann ich womöglich überhaupt nicht mehr gehen!«

»Ist in Ordnung, Eddie.«

Jeder Holzfäller hätte geschworen, daß das kleinste rote Pferd aus trockenstem Hartholz gemacht war – und doch rollten in diesem Augenblick zwei große Tränen aus seinen Augen.

»Wie du willst. Komm, Kleiner, steig auf meinen Rücken.«

»Danke, Herr Pferd!« Eddie brauchte mehrere Minuten, um sein Roß zu besteigen. Als er oben war, mußte er sich mit beiden Händen an der Mähne festhalten, um im Sattel zu bleiben. »Glaubst du wirklich, daß wir da reinkommen?«

»Aber sicher. Wir sind in den Buckingham-Palast und den Louvre gekommen, wir sind in Berlin, Venedig und wo sonst noch überall gewesen – oder etwa nicht?«

»Aber es gibt da große goldene Tore!«

»Tore, Türen, Schlösser und Riegel – was macht das schon? Ein Tritt mit meinen Hufen, und sie öffnen sich weit!«

»Auch goldene, Herr Pferd?«

»Das ist doch noch leichter! Gold ist ein sehr weiches Metall. Also, Eddie – bist du bereit?«

»Bereit, Herr Pferd!«

Das kleinste rote Pferd schüttelte seine Mähne, streckte seinen Hals nach vorn und verfiel in seinen leichten fließenden Galopp. Seine kleinen Hufe trappelten in vollkommenem und unermüdlichem Rhythmus, während seine Augen in der Dunkelheit der Nacht nach dem suchten, was alle Menschen aller Glaubensrichtungen bereits all die Jahrhunderte über gesucht hatten – den kürzesten, geradesten, einfachsten, ehrlichsten Weg in den Himmel …

Am 3. August, Sonntag morgens um vier, hielt Estaban Gomez, der sein abgebautes Karussell vom Volksfestplatz zum Standplatz der nächsten Woche brachte, seinen Laster am Stadtrand an.

Obwohl er im Grunde wußte, daß er nur seine Zeit vergeudete, hatte Estaban das Gefühl, daß er, wenn ihn das Schicksal erneut an den Ort seines Verlusts führte, noch einmal nach seinem kleinsten roten Pferd suchen sollte.

Mit einer Taschenlampe ging er am Straßenrand entlang – und plötzlich tauchte im schwachen Lichtkreis eine bekannte und geliebte Gestalt auf.

Das kleinste rote Pferd war nicht von Felsen, Sand oder Salbeibüschen verdeckt. Es lag offen da und überall um es herum waren die Fußspuren von Estaban zu sehen, der es vor sieben Tagen vergeblich gesucht hatte.

Estaban drückte das kleinste rote Pferd an seine breite Brust, trug es zum Laster und hielt es, während er fuhr, mit einem Arm umschlungen.

Als das Karussell wieder aufgebaut war, versammelten sich seine Freunde auf dem Festplatz, um ihm zu seinem Glück zu gratulieren und zu erfahren, ob das kleinste rote Pferd während der sieben Tage Schaden genommen hatte, in denen es Wind und Wetter ausgesetzt gewesen war.

Es hatte keinen einzigen Kratzer im Lack. Kein Haar aus seiner Mähne oder seinem Schwanz fehlte. Keine Kerbe oder Rille war auf seinem stolzen Kopf, seinem stämmigen Körper oder den flinken, spitz zulaufenden Beinen zu entdecken. Alle stießen einen Seufzer der Erleichterung aus. Das kleinste rote Pferd war völlig unverändert.

Aber als die Orgel des Karussells zu spielen anfing und das kleinste rote Pferd seinen ersten kräftigen Sprung nach vorne tat, lächelte Estaban ehrfürchtig, während die anderen sprachlos zuschauten.

Alle standen sie schweigend da, die Kinder wie die Eltern.

Alle sahen, daß sich zwar vierundzwanzig Pferde auf dem Karussell drehten – aber das kleinste rote Pferd das einzige war, dessen hintere Hufe mit purem Gold beschlagen waren.

Inhalt